Sonya
ソーニャ文庫

永遠の蜜夜

鳴海澪

イースト・プレス

contents

1．死者の身代わり

　つぎの当たった木綿《もめん》の上着とズボンの着丈《きたけ》はまるで合っていない。短い袖《そで》とズボンから痩《や》せた手足がにょっきりと突き出ていた。

　コージモは、腕組みをしたまま自分を睥睨《へいげい》する男と、ハンカチで口元を押さえたまま眉《まゆ》をひそめている女を見あげた。男の黒い天鵞絨《ビロード》の上着は下ろしたてに見えるし、女が身に纏《まと》う紫の繻子《しゅす》のドレスは細部にまで手が込んでいる。

　どう見てもこんな場所に着てくるような服ではない。

　実際彼女は何度も足もとを確かめ、床を舐《な》めている裾《すそ》を引き上げては憂鬱《ゆううつ》そうな息を吐いていた。

　剝《む》き出しの木の床に、崩《くず》れかけた漆喰《しっくい》の壁、小さな窓のカーテンはとっくに色褪《いろあ》せている。気が滅入《めい》るような殺風景さだが、これでも一番ましな部屋で、一応孤児院の応接室として使われている。

生まれてすぐに孤児院の前に捨てられたコージモはこの春で六歳だ。

母親はたぶんこの辺りの貧民街を根城《ねじろ》にしている売春婦で、父親はその客だろうが、誰かはわからない。コージモ自身、親のことなど興味はないし、迎えに来るとも思っていない。

上手くいけば金持ちに引き取られるかもしれないが、下手に知恵がついたコージモくらいの歳になればもう難しい。

今まで何度か里親候補の人間と面会してきたが、今回の二人はこれまでの中でも群を抜いて金持ちらしい。

ということは、今回も馬鹿にされて終わりだろうが、こいつらはなんと言って俺を罵《ののし》るだろうか——コージモは皮肉な諦《あきら》めを心の底に住まわせて、二人をじっと見つめた。

彼の黒い瞳が光を集め、見ている者たちをたじろがせるほど濡れて色濃く輝く。

「この子がコージモですわ。お眼鏡《めがね》に適《かな》うとよろしいのですが……カヴァリエーレ・ファルネーゼ伯爵さま、奥方さま」

院長である修道長が媚《こ》びるように尋ねた。

慈善事業には金がいる。一人でも多く、世話をしている子どもたちを裕福な家に縁づかせて寄付を弾《はず》んでもらわなければならない。修道女といえど、二十年近く孤児院の経営に携わっている彼女は損得勘定《そんとくかんじょう》に長《た》けていた。

　モンベラーノ公国で一、二を争う名家ファルネーゼ伯爵家に養子を縁づかせれば、この先もいろいろな面で援助を期待できることがわかっているのだろう。

　修道長の声にはいつも以上の熱が込められていた。

「なるほど……」

　よく手入れのされた口ひげから尖《とが》った顎《あご》に手を滑《すべ》らせたカヴァリエーレは、コージモを上から下まで無遠慮《ぶえんりょ》に眺《なが》める。だが妻のほうは嫌悪もあからさまな視線を向けてきた。

「どうだ？　デーボラ。似ているんじゃないか」

「どこがでございますか？　あなた」

　ハンカチでくぐもった声は神経質に尖って震え、必死に感情を抑えているのが感じられた。

　だが夫のカヴァリエーレはデーボラの努力に冷笑《れいしょう》を浴びせて、コージモの顔を指さす。

「私と同じまっすぐな黒い髪に黒い目。高い鼻に大きめの口も均整《きんせい》が取れている。生まれに似合わず美しい子だ。もう少し髪を伸ばして、衣服を整えれば見違えるはずだ」

「……そうでしょうか……。まるで獣《けもの》のような目つきで……生まれの卑《いや》しさが見えるようですわ」

　眉根を寄せてデーボラは不審を露《あら》わにするが、カヴァリエーレは鼻先で嗤《わら》った。

「そんな卑しい子どもを引き取らなければならなくなったのは誰のせいだ？」

その言葉に、デーボラの白い肌から血の気が引いて透《す》き通り、艶《つや》のある栗《くり》色の髪まで白茶けて見えた。何かに耐えるように引き結んだ唇が震えた。

自分を品定めに来た貴族夫婦の間に流れる冷たい緊張の意味を考えながら、コージモは無表情のまま二人を見つめる。

どうせ、この二人が自分を引き取ることはないだろうと、彼は決めてかかっていた。

みすぼらしい格好《かっこう》でもコージモの目鼻立ちの良さは際立っていたが、眦《まなじり》の切れ上がった目が不穏《ふおん》に鋭すぎた。利発さよりも獰猛《どうもう》さを感じさせるのが禍《わざわい》して、相手に二の足を踏ませることを、彼自身が誰よりもわかっている。

孤児を引き取る貴族の思惑はみんな同じだ。

社交の場で自分の情け深さと、躾《しつけ》の上手さを自慢することが目的。だから引き取る子どもは、かわいらしくておとなしいことが絶対条件だ。

小鳥のように歌えたり、風に舞う蝶々《ちょうちょう》みたいにダンスができたりするとなお良い。

コージモのように、欲にまみれた大人の内心を見透かす目をしている子は、知恵がありすぎると嫌われる。

――やっぱり孤児ね、育ちの悪さが目つきに表れていること。

――売春婦が母親ではな。

コージモがまるで言葉を介《かい》さない動物ででもあるかのように目の前で交わされる会話は、彼の柔らかい心を傷つけて笑顔を奪った。彼はたった六年しか生きないうちに、自分は虫けら以下の存在なのだと思い知らされていた。

同時に外見だけ着飾った貴族や富豪たちなど尊敬に値しないことを学んだ。

誰も引き取り手のいない自分は、やがて一人でここを出て行かなければならないだろう。そのとき見かけに騙《だま》されずに、奴らの裏をかいて生きてやる。

今のままここを出ても、ろくな人生が待っていないことなど知っている。

ちんけな盗人か、この公国で禁止されている怪しげな薬の運び屋、娼婦のヒモか物乞《ものご》いになるのが関《せき》の山。惨《みじ》めな人生の行き着く先は己で命を絶つか、人の命を奪って生き延びるかと決まっている。

コージモ自身、腹が減ってたまらないときは、拾った服や装飾品を闇市《やみいち》で秘かに買い取ってもらい、小銭稼《かせ》ぎをしている。

六年しか生きていなくても、この孤児院で知った世界は、自分を待ち受ける運命を彼に見せつけた。

だがコージモはそのどれにも従うつもりはない。

そのためには人を見る目を養《やしな》っておく。誰にも騙されないように己の目と耳を研《と》ぐ。生き延びるためにはそれしかない。

年齢のぶんだけ人の無関心と悪意を見せつけられてきたコージモには、大人顔負けの世知が芽生えていた。

「文字は書けるのか」

コージモの視線を受け止めたカヴァリエーレが皮肉な口元で尋ねる。

「いいえ、旦那さま」

すぐに答えると、修道長が慌てて口を挟む。

「簡単な読み書きはできます。ファルネーゼ伯爵さま。コージモはとても利発な子なのです」

「なるほど。では嘘つきか。同情を引こうとして姑息《こそく》な嘘をつくのは、育ちのせいか？もともとの性格か？」

冷笑を浮かべるカヴァリエーレの顔から目を逸らさずに、コージモは感情を込めないで答える。

「自分の名前は書けます。お使いをするのに必要な野菜や肉の名前は読めます。ですが、旦那さまがお聞きになった意味での読み書きはできません」

カヴァリエーレの片方の眉がぴくんとあがり、コージモの内心を確かめるように目を細めて見下ろす。

「どういう意味だとおまえは思ったんだ？」

「難しい本が読めて、間違えないで手紙を書くことができる――そういう意味だと思いました」

「ほう……何故そう考えた」

揶揄《やゆ》と興味が入り交じった口調にも、コージモは心を動かさないようにして答える。

「旦那さまのような身分の方は、それが普通だと思っているからです」

「生意気な子――」

デーボラは吐き捨てたが、カヴァリエーレは不思議な目つきになった。まるでコージモが自分と同じ人間だと初めて気づいたように、その目に嘲《あざけ》り以外の感情が浮かぶ。

「……おもしろい。生まれによらず気位が高そうだ。普段ならこんな身分の者の気位など鬱陶《うっとう》しいが、今はこれこそが必要だ。おまえならきっとやり遂《と》げられるだろう」

「あなた――まさか、この子をクリストファーロにするつもりなのですか？　私は認めませんわっ！」

「おまえの失敗を私が取り繕ってやっているんだ。感謝されても反対される理由などない」

「……でも……こんな卑しい血を……」

声を絞り出すデーボラにカヴァリエーレは馬鹿にした視線を投げつける。

「卑しい行為をして息子を殺したおまえには似合いだろう」

喉の奥で奇妙な声を出したデーボラが真っ白な顔で黙り込むと、カヴァリエーレは一瞬満足そうな顔をした。

自分の目の前で交わされる不穏な会話に、コージモはさすがに不安が募ってくる。

『クリストファーロにする』とはどういうことだろうと思い、尋ねるつもりで二人を見あげた。だがカヴァリエーレは疑問に答えるつもりなどないらしく、修道長のほうを向く。

「この子を引き取る」

懐《ふところ》から重たげな革袋を取り出したカヴァリエーレは、無造作な仕草で修道長に差し出した。

「相場の倍はあるだろう。条件はたった一つ。コージモという少年はここにはいなかった。今後何があっても思い出すことも考えることもしない――それだけだ」

両手で受け取った革袋の重さに目をみはった修道長が、全てを心得た顔で深く頷く。

「神に誓って、お望みどおりにいたします。ファルネーゼ伯爵さまにこの子を紹介したことを知るのはここでは私だけです。この身が墓に入るまで何一つ口にいたしません。ファルネーゼ伯爵さま」

ふんと鼻先で返事を返したカヴァリエーレはコージモに向き直った。

「おまえは今このときからクリストファーロだ」

「クリストファーロ……？」

何故だろうと思うが、言い返すことなどもってのほかなのはわかっている。納得できないまま俯《うつむ》きながら繰り返すと、肩先を遠慮のない力で弾かれた。

「胸を張れ！　ファルネーゼ家の息子は決して人前で顔を伏せてはならん！」

「……息子？」

自分はいったいどういう立場でこの男に引き取られるのだろうか。

混乱しながら瞳を揺らすコージモに、カヴァリエーレが顔をしかめた。

「情けない顔をするな！　クリストファーロ。今後は全て私の言うことに従え！」

「はい……旦那さま」

自分に選択権などないことだけは理解しているコージモは、意味はわからないなりにそう返事をするしかない。

「父上だ、クリストファーロ」

「……父上？」

「そうだ。たった今からおまえはクリストファーロ・ファルネーゼになる。カヴァリエーレ・ファルネーゼ伯爵、つまり私の息子だ」

押さえつけるように言ったカヴァリエーレは、蝋《ろう》のような生気のない顔色をしたデーボラを顎で示す。

「おまえの母だ。デーボラ・カヴァリエーレ。母上と呼んでみなさい」

「……はい……母上……」

激しい嫌悪と憎しみを迸《ほとばし》らせた瞳がコージモを一瞥《いちべつ》した。

そのデーボラに冷たい視線を向けたカヴァリエーレがコージモに鋭く言い放った。

「ブラボー《いい子》！　ブラボー！」

「……え？」

いきなり言われた言葉の意味が摑めずにいるコージモに、カヴァリエーレが皮肉げに口元を歪める。

「これからおまえのことを褒めるときに、私が使う言葉だ。忘れるな。この先は私に『ブラボー』と褒められるようになれ、それがおまえがファルネーゼ家で生きる方法だ」

カヴァリエーレの目が本気なのが、子どものコージモにもよくわかった。

＊　＊　＊　＊

真っ白いレースのカーテンを膨《ふく》らませながら入ってくる窓からの風で、〝クリストファーロ〟はほてった頰を冷やす。

春の風は心地が良く、勉学に疲れた頭の熱が取れていく感覚にクリストファーロは深く息を吐いた。

ファルネーゼの屋敷に来て、あっという間に四年が経ち、クリストファーロは十歳になった。

コージモという元の名前を思い出すことも徐々になくなり、肩まで伸ばした髪も、天鵞絨の上着に白い靴下もすっかり身につき、どこから見ても貴族の子どもにしか見えないだろう。

それでも名前と引き替えに得たものより、失ったもののほうが多いとクリストファーロは思う。

言葉遣いを間違えれば鞭《むち》で打たれ、カヴァリエーレが満足するまで勉強しなければ雪の中に放り出された。

一日の自由もなく、孤児のコージモは名家の嫡男《ちゃくなん》、クリストファーロ・ファルネーゼに作り替えられていった。

本当のクリストファーロ・ファルネーゼはこの世にいないことを、彼はここに来てから知った。

母のデーボラが愛人と密会中に、召し使いたちの目を盗んで小さな息子は屋敷を抜け出した。そして母を求めて森を彷徨《さまよ》ったあげくに、池に落ちて溺死してしまった。

普通の親ならば息子を弔《とむら》い、その冥福《めいふく》を祈るだろう。息子の事故の遠因《えんいん》となった母は後悔から修道院に入ってもおかしくない。

だがモンベラーノ公国で五指に入る名家、ファルネーゼ家は違った。哀しみも後悔も、家名の前には無力だった。カヴァリエーレは子どもの死を嘆くよりも、妻を責めるよりも、醜聞《しゅうぶん》を外に出さないことに奔走《ほんそう》した。

ファルネーゼ家はいつかモンベラーノ公国の君主になる。そして教皇に近づき、いずれはその地位を得て、帝国にある全ての領国を傘下《さんか》に入れ、この帝国を支配する。

自分の野望を遂行するために、カヴァリエーレは息子に似た孤児を、嫡男として作り替えることをためらわなかった。

妻の不品行が招いた惨事《さんじ》を腹の中に収め、デーボラにも同じ態度を取ることを命じた。たとえ夫婦の仲が冷え切り、息子が偽者になっても、カヴァリエーレには自分の野望を叶えることが全てなのだ。

この屋敷に来て、コージモには分不相応なクリストファーロ・ファルネーゼとしての部屋を彼にあてがったとき、カヴァリエーレは言った。

——どぶ鼠《ねずみ》には眩《まぶ》しすぎるだろう。おまえの目がこの輝きに眩んでしまえば、次の鼠を探すまでだ。せいぜい足掻いてみろ。

そのとき以来、クリストファーロは常にカヴァリエーレに要求を突きつけられてきた。

──俯くな。軽々しく笑うな。

──おまえの育ちの悪さを見せるな！　汚れた血が流れていることを隠し通せ！　見てくれだけでも高貴なふうを装え。

──ファルネーゼ家の誇りをおまえの汚れた血で穢《けが》すな！　どぶ鼠であることを忘れろ！

──ブラボー！　ブラボー！　私にそう言わせるんだ！

叱責《しっせき》はときに激しい体罰を伴って、彼はクリストファーロを屈伏《くっぷく》させた。

親の顔すらわからない自分が生きていく場所はここしかない。一時の安息を求めて逃れても、ファルネーゼ家の秘密を知る自分は必ず捕まる。

逃れることができないならば従うしかなく、クリストファーロは自分から口を開くことも、笑うこともめったになくなり、表情が消えた。

母とは名ばかりのデーボラからは優しい言葉をかけられることも、穏やかな視線を向けられることもなかった。彼女の憎しみと嫌悪は消えることなく、その雰囲気が館《やかた》中に伝播《でんぱ》してクリストファーロを悪意で取り囲む。

孤児院にいたときよりも遙《はる》かに冷たく、欠片も愛のない暮らしが彼から感情を奪った。

裕福な暮らしで垢抜《あかぬ》けた容姿の端整さが際立つものの、子どもらしさを失った美しさは彼を年齢以上に見せる。

かつてと変わらないのは、黒い目の底に残る鋭い光だ。

それだけが唯一、クリストファーロの過去と芯《しん》の強さを覗かせていた。

いつか大人になったならば、違う生き方ができるように、今はひたすらここで生きる。

クリストファーロは読まなければならない本の上に手を置いて目を閉じ、自分の人生を翻弄《ほんろう》する神ではない何かに祈る。

決して負けない。

いつかここから抜け出して、自分の人生を自らの力でつかみ取る。

カヴァリエーレとデーボラの間にもうすぐ生まれる赤ん坊は、血の繋《つな》がりはなくても自分の弟か妹になる。だがわかり合うことはきっとない。

無垢《むく》な赤子は両親の教育と貴族ならではの歪《ゆが》んだ薫陶《くんとう》を受け、やがては自分を軽蔑《けいべつ》して憎むようになるのだろう。

自分を愛さない人間がまた一人増えたところでどうということはない。

自分にそう言い聞かせたクリストファーロは、未来を見据えるようにしっかりと目を開けた。

＊　＊　＊　＊

クリストファーロが初めてその赤子を見たのは、生まれてから半年も経ってからだった。赤子が女の子で、アントニエッタと名付けられたことさえ、聞いたのは使用人からで、クリストファーロは自分の立場を再び思い知った。だがそんなことは最初からわかっていたことだから、特別に傷つきはしない。

ごくたまに泣き声を聞くことがあったが、乳母や使用人がよってたかってあやしているのか、すぐに治まる。そのときに父や母の声が聞こえることはなかったが、自分には関係のないことだ。もしかしたら彼女には一生会わないかもしれないが、それならそれでかまわない。

だが、赤子がいるのに、館に華やいだ雰囲気がまるでないのが不思議だった。

孤児院でさえ、赤子がいるときはざわざわとして陽気な明るさが醸《かも》し出された。自分と同じように親を失った子を哀れむ気持ちはもちろんあったが、無垢としか言いようのない赤子の笑みやミルクの匂いが、周囲の人間を優しく温かい気持ちにさせたことは間違いない。

この世に敵意しかないような孤児だった自分でさえ、赤子をあやす輪の中に入って、笑いかけた記憶がある。

なのにファルネーゼの館には新しい命を迎えた喜びが感じられない。むしろ冷淡な気配が漂っていることが不思議だった。

息子の死さえ闇に葬《ほうむ》った養父母には、せっかく生まれた娘すら自分たちの子だという意識が薄いのだろうか。

もしかしたら、彼らは自分よりももっと人でなしかもしれない。

孤児院にコージモを品定めに来たとき見せた、彼らの惨《むご》いほどの冷淡さを思い出して、ぞくっとした。

その悪寒は、自分の人生にはまったく関係のないはずの赤子への微かな同情に変わり、クリストファーロはときおり赤子の気配を探すようになった。

そんなある日、部屋の窓から侍女が押す大きな乳母車《うばぐるま》が見えて、クリストファーロは中庭に出た。

足音を忍ばせて近づく彼に、侍女が慌てて頭を下げた。

「……この子……」

なんと言っていいかわからずに言葉が途切れるクリストファーロに、侍女はにっこりと微笑んだ。

「アントニエッタさまですわ、クリストファーロさま。おかわいらしい妹さまでございましょう?」

クリストファーロに赤子が見えるように身体をずらした侍女に促されて、彼は乳母車を覗き込む。

白絹の帽子とベビードレスに包まれた赤子はぱっちりとした茶色の目で、クリストファーロを見あげた。

目の形も色も母のデーボラにそっくりだが、その光はまるで違う。

クリストファーロを疎《うと》ましく思う色も、軽蔑する気配もない。

この世への先入観が何もない無垢な目がただ無邪気に見あげてくる。

何かを待つような赤子に、思わず彼は顔を寄せる。

「……アントニエッタ」

おそるおそる名前を呼ぶと、ぱっと目が輝き、小さな赤い唇がにこっと笑みの形になる。

「アントニエッタ……」

もう一度呼びかけると、赤子らしい高くかわいらしい声をあげて笑い、両手をぱたぱたと振る。

その瞬間、彼の胸に今まで知らなかった温かい感情が芽生えた。

それが人らしい優しさや愛の始まりであることなどわからないまま、その気持ちに突き動かされてクリストファーロは赤子に語りかける。

「アントニエッタ——どうぞよろしく、僕の妹」

燦々《さんさん》と降りそそぐ光の中で、クリストファーロはアントニエッタの小さな手をそっと握った。

2. 烈情の始まり

真っ白にクリームを塗《ぬ》られた手を小間使いに捧げ持たれたまま、アントニエッタは退屈しのぎに窓の外を眺める。

モンベラーノ公国でも指折りの財力と勢力を有するファルネーゼ家の館は壮麗で、迷子になるほど敷地も広い。完璧に設計された庭は何人もの庭師に手入れされて塵《ちり》一つ落ちていない。

初夏の日差しが芝生《しばふ》や植え込みの緑を輝かせて、目を射るほど冴え冴えとしていた。

開いた窓から入り込む風が背もたれの高い椅子に座るアントニエッタの頬を冷やす。

「気持ちがいい……」

アントニエッタは瞼《まぶた》を閉じて、腕を動かさないよう気をつけながら息を深く吐いた。

細かく刻んだアーモンドの実と芥子《けし》の実を生クリームと混ぜて作った特別なクリームは、

手を白く滑らかにするらしく、母の愛用している化粧品だ。貴族の娘の身だしなみとしてアントニエッタも、三日に一度はこのクリームで手入れをする。けれどクリームがすっかり乾《かわ》いて肌に栄養が浸みるまで動いてはならないから、この時間が苦痛で仕方がない。

視線だけを動かしていると、菩提樹《ぼだいじゅ》で作ったトピアリーの葉を摘みながらそぞろ歩いている兄のクリストファーロを見つけた。

「お兄さまだわ！　お部屋で勉強ばかりのお兄さまがお庭に出るなんて珍しい！　一緒にお庭を散歩したいの。もういいでしょう？」

椅子から立とうとするのを小間使いはしっかりと押さえつける。

「いけません、アントニエッタさま。手のクリームが乾くまでじっとしていてくださいませ」

ふうっとため息をついたアントニエッタはふっくらした唇を尖らせた。

「髪を洗うだけでも午前中いっぱいかかったのよ。疲れたわ」

クローバーと小麦の糠《ぬか》を水と酢で煮てできた上澄み液で洗った髪はつやつやと輝き、栗色の巻き毛がいっそう豊かに見える。特製のクリームで手入れをしている肌は、母親譲りの美しさをいっそう際立たせる。

けれど、どちらも匂いはすごいし、じっとしているのにはうんざりしていた。

「これが終わったら歌とダンスのお稽古《けいこ》でしょう？　遊ぶ時間が全然ないの」

「それはファルネーゼ伯爵さまのお嬢さまなのですから、仕方がありません」

尖らせた唇に蜂蜜《はちみつ》を溶かした水を垂らしながら小間使いはきっぱりと言う。

「来年の春がくればアントニエッタさまも十歳、一人前の女性としていろいろな場所に出ることになります。そのときまでに身だしなみもお稽古事も完璧にしておかなければならないのです」

「どうして？」

「貴族のご子息がたくさん集まる場所に正式に招かれて、他のお嬢さまたちと比べられるからですわ。どんな女性よりも殿方に気に入られるようにしなくてはならないのですよ、アントニエッタさま。旦那さまもそれをお望みです」

「……お父さまがおっしゃるなら仕方がないのね」

どうして見ず知らずの男の人に気に入られなくてはならないのだろうか。ましてや『殿方』なんていう堅苦しい人に好かれても楽しいとは思えない。

けれど、ファルネーゼ家では父のカヴァリエーレの言葉は絶対だ。逆らうことも疑問を持つことも許されない。

――ブラヴァ《いい子》！　ブラヴァ！　私にそれ以外の言葉を言わせるな、アントニエッタ。

父は娘が『ブラヴァ』かどうかで、全てを判断する。

母は兄のクリストファーロにも自分にもまるで関心がない。芝居だの音楽会だのと出歩き、子どもたちのことは使用人に任せきりで、何かを相談することはできない。

アントニエッタの栗色の巻き毛と、金色に近い茶色の瞳は母のデーボラ譲りだ。一目で相手を虜《とりこ》にする華やかな雰囲気もよく似ていて、美しい母娘と周囲は褒めそやす。

けれど母が自分を見る目は冷え切り、憎まれているようにさえ感じてしまう。

もっともデーボラは兄とは視線を合わせようとしないし、父の顔も必要なとき以外見ることはない。

哀しいことだけれど、デーボラは母や妻の役割が嫌いで、自分以外に興味がないのだろう。

子どもなりにそう納得するしかないアントニエッタは深いため息をついて、早くクリームが乾くようにせっせと手に息を吹きかけた。

その間にもせめてクリストファーロがこちらを見てくれるように願う。胸にドレープを寄せた赤い色のドレスはアントニエッタのお気に入りで、いつもよりかわいらしく見える自信がある。クリストファーロはきっと褒めてくれるはずだから、こちらを向いてほしい。

女の子らしい思いをひたすら視線に込めた。すると、強い気配を感じたのか兄が顔をあげて辺りを見回してから、窓越しにアントニエッタと目を合わせた。

「お兄さま！」

声が届いたかはわからないが唇の動きを読んだらしく、兄が微笑んだ。

まっすぐな黒髪と磨いた瑪瑙《めのう》のような黒い目は、父のカヴァリエーレに似ている。けれどその目に宿る光はまったく違うと、アントニエッタは思う。常に人のあらを探し、それを叱責することが生き甲斐のような父の眼光は鋭く冷たい。けれど兄の目の輝きは違う。

強くて鋭いけれど、冷たくはない。整った目鼻立ちが怒りで激しく歪むこともない。父はいつも、アントニエッタの間違いを見つけることに一所懸命に思える。誰かの失敗を目の当たりにした父は何故か少し楽しそうに見え、アントニエッタは背中がぞくっとしてしまうのだ。

（お父さまは間違いを見つけるのが好きなのかしら……意地悪だわ）

父親の性格を貶《おとし》めるのは恥ずかしいことだと思いながらも、胸の辺りがもやもやする。

昨日も家庭教師がいる時間にカヴァリエーレは部屋に来て、アントニエッタの勉強振りを見つめていた。瞬きもせず、身動きもしないカヴァリエーレの様子は、まるで獲物を狙う鷲《わし》のようだった。

緊張のあまり簡単な綴りを間違えてしまった彼女に父は大げさなため息をつき、アントニエッタだけではなく家庭教師まで一緒に身を竦ませた。

『こんな恥ずかしい間違いをするなど、信じられないな。おまえの頭には綿が詰《つ》まってるのか』

『ごめんなさい、お父さま』

長々と言い訳をしても怒りを誘うだけだと知っているので、小声で詫びて書き直す。隣にいる家庭教師も青い顔で『私の教え方が……』と頭を下げた。

だが父は言い訳などに耳を貸さずに、更に冷たい侮辱の言葉を投げつけた。

『そのきれいな顔も、空っぽな頭も、デーボラにそっくりだな』

娘が母に似ているのは当たり前のことで、その美しさが受け継がれているのは喜ばしいことのはずなのに、言葉に込められているのは軽蔑だった。

『その顔を使って余計な男を引きずり込まないように気をつけないといけないのは、鬱陶しいことだ。ファルネーゼ家の誇りを自分の娘に穢されてはたまらないからな。せいぜい私の手をわずらわせないようにしなさい』

何故父はそんなことを言うのだろうか。

嘲りの意味はわからなくても、それが下品なあてこすりだというのは感じた。

『お父さまは私が嫌いなのかしら？』

あるとき、口にするのがはばかられるような父の言葉は言わずに、遠回しにクリストファーロに尋ねてみた。すると兄は否定をせずに、アントニエッタの手を優しく撫でて微笑んだ。

『父上が愛しているのはファルネーゼ家だよ。それ以外は好きも嫌いもない。ファルネーゼ家にとって、いいか悪いかだけが大切なのだと僕は思っている』

『じゃあ、お父さまは……お母さまもお兄さまも……愛していないの？』

クリストファーロは小さなころから家庭教師が舌を巻くほど優秀で、気性もしっかりしていると評判だった。そのまま何の挫折をすることもなく、賢く美しい青年に成長したファルネーゼ家の跡継ぎを、周囲は羨望の眼差しで見つめる。

だが父のカヴァリエーレだけはどこまでいっても満足しない。今でもクリストファーロの一挙手一投足を確かめては叱責の種を探す。

その厳しさが常軌を逸していることは、アントニエッタもよくわかっているので、声が遠慮がちになる。

『母上も、アントニエッタも――そして僕もファルネーゼ家の人間だろう？　父上はファルネーゼの家を愛しているのだから、みんなを愛しているということになるんだよ』

そう言ってアントニエッタの髪を撫でて、頬にキスをした。

父が家族を愛しているというのは少し違うと思ったけれど、クリストファーロが自分を慰めようとしてくれているのはわかった。そして何より、父に一番厳しく当たられている兄の言葉を否定して、彼を傷つけることはできなかった。

『お兄さまは、私を愛している？』

兄の首に腕を搦《から》めて尋ねると、その笑みが顔中に広がる。

『もちろん。愛しているよ、アントニエッタ』

自分を見つめるクリストファーロの黒い目は、ほわりと甘さを含んで優しい。

たとえ父と母が自分を好きではなくても、クリストファーロがいればいい。

まだ長いとは言えない過去を一人前に振り返ったアントニエッタは、そのときに強く感じた思いを、また新たに胸に刻んだ。

揺るぎのない愛情を胸に、アントニエッタは窓辺に向かって歩いてくる兄に大きな声で呼びかけた。

「お兄さま！　あと少し待ってね。このクリームが乾いたら一緒にお散歩したいの！　この間はお馬に乗せてもらってすごく楽しかったわ。だから今日も乗せて！　アントニエッタが一人でお馬に乗れるように、乗馬を教えてちょうだい」

「アントニエッタさま。ダンスの先生がお待ちですから、今日のお散歩は無理ですわ」

やんわりとたしなめる小間使いにアントニエッタが艶やかな唇を尖らせる。

「少しだけなら大丈夫。もうこのクリームを拭《ふ》いてちょうだい」

子どもらしい我儘《わがまま》と貴族の娘にありがちな気位の高さが入り交じった要求に、小間使いが困り顔になった。それでもアントニエッタは気がつかない振りで、両手を突き出す。

こんなときは、アントニエッタの無邪気さが頑固《がんこ》さに変わる。

小間使いに承知させようと見つめるアントニエッタだったが、その目の端ではクリストファーロがだんだん近づいてくるのをしっかりと確かめていた。

「アントニエッタ」

意固地になったアントニエッタと、それに手を焼く小間使いの間に、窓際まできたクリストファーロがやんわりと割って入った。

「今日の授業を受けないと、次に三倍やらなくちゃならないよ。それでもいいなら僕が頼んであげるけれど」

「二倍でしょう。お兄さま」

首を傾げるアントニエッタに、兄は微笑んだまま首を横に振る。

「一回勉強を怠けると、その前に習ったこともあやふやになる。だから次のときには、それを苦労して思い出してから新しいことを覚えなくてはならないだろう？　だから簡単に二倍とは言えない。一度怠けると取り返すのは大変なんだよ」

誰もが優れていると認める兄からそう言われると、アントニエッタの勢いもしぼんでくる。

「……そうなの？」

「僕はそう思うよ。乗馬は今度必ず教えてあげるから、今日は先生との約束を守りなさい」

クリストファーロの口調は優しくて、叱られたわけではない。それなのに注意を受けたことで哀しくなってくる。

「……じゃあ、ダンスのお稽古をするわ……だから嫌いにならないでね」

大好きな兄が自分を疎ましく思うかもしれないと考えただけで胸が苦しくなる。

父は完璧に仕上がった娘にしか興味がなく、母は母自身にしか関心がない。

この広い館でアントニエッタを無条件で愛してくれるのはクリストファーロしかいない。

兄の愛を失ったらどうしていいかわからない。

アントニエッタはもっとたくさん愛したいし、愛されたいといつも願ってしまう。

「どうして僕がアントニエッタを嫌いになるの？」

目を潤ませたアントニエッタにクリストファーロが微笑む。

「ほんと？」

「本当だよ。アントニエッタは僕の小さなお姫さまだ。今日着ている赤いドレスの君は、かわいい駒鳥《こまどり》みたいだね。怖い鷲から僕が守ってあげたいな」

「鷲？」

「駒鳥は胸が赤くて目立つから獲物を探している鷲に狙われやすい。アントニエッタもかわいらしすぎて鷲に捕まりそうだから心配なんだよ」

「嘘ばっかり、お兄さま。まだ子どもでもアントニエッタは人間だもの。鳥なんかに捕まらないわ」

くすくすと笑いながら言うと、クリストファーロの口元に思わせぶりな笑みが浮かぶ。

「人の姿をした鷲もいるからね」

意味がわからず首を傾げるアントニエッタに、兄は「たとえ話だよ」とだけ言ってその話を終わらせた。

たわいない会話でもクリストファーロが相手をしてくれただけで、しぼみかけていた胸は膨らんだ。

「お兄さまの言うことはアントニエッタには難しすぎるわ。私にもわかる、おもしろいお話をして、お兄さま」

少し拗《す》ねた振りでねだると、頷いたクリストファーロが、アントニエッタが知らない街の話を始めた。

穏やかな声にアントニエッタは瞼を閉じて聞き惚《ほ》れた。


アントニエッタは小さなころから愛情が深かった。

子どもによくある、気まぐれで飽きっぽい好意とは一線を画した一途さだった。自分の大切なものにはとことん愛を注ぎ、惜しむことをしない。

六歳になったばかりのころ、庭に入り込んだ老猫を見つけて自分の部屋に連れ帰ったことがある。

皮膚をわずらっているのか、毛が抜けてまだらになった猫の無残なさまに小間使いは悲鳴をあげて、猫を部屋から追い出そうとした。

だがアントニエッタは絹の寝間着のまま膿《うみ》だらけの猫を抱きしめて、放さなかった。

『私が見つけたから私の猫なの！　どこにも行かせないから！』

汚れた猫に顔をしかめながらデーボラがたしなめても聞かず、とうとう父が出てきた。

『私の館に汚物を入れるな！』

ファルネーゼの家長であるカヴァリエーレの一喝《いっかつ》に誰もが震え上がったが、このときのアントニエッタは逆らった。

猫を抱きしめたまま父を見返した。

赤い唇はぶるぶると震え、茶色の瞳は興奮で金色に透き通って光る。

『私が拾ったのよ、お父さま。一度助けたのにやっぱりやめるなんて可哀想《かわいそう》なことはできないわ。ファルネーゼ家の人間はモンベラーノ公国一の立派な貴族だもの！』

カヴァリエーレがいつも口にする「ファルネーゼ家の誇り」を逆手にとって、アントニエッタは言い張った。

『まあ、なんて生意気な子……もう少し素直になれないものかしら』

『おまえの血を引いた娘が素直ないい子になるわけがないだろう』

ハンカチで口を押さえて呟《つぶや》くデーボラに嘲りを向けたあと、カヴァリエーレは目を細めてアントニエッタを見据えた。

『どうしても面倒を見ると言うなら、その猫がまともになるまで、おまえは一切部屋から出るな。私の館を醜いもので穢すのは許さない』

言い返す余地のない口調で命じる父から視線を逸らさずに、アントニエッタは頷いた。

それからというもの彼女は部屋から一歩も出ずに老猫を看病した。

柔らかい絹で膿の出た身体を洗い、蓬《よもぎ》の葉を煮出した汁を冷ましたあと、できものに丁寧に塗る。目やにを取ってすっかりきれいになってから、魚のすり身を口元まで運んで食べさせた。

手の手入れもせず、髪も洗わずに、アントニエッタは猫の看病だけに没頭した。

部屋まで運ばれた食事を取る間も、猫から目を離さずに見守った。

退屈だとも思わなければ、外に出たいとも思わなかった。ただ自分の手の中にある命が愛おしく、守らなければならないものがいることが嬉しかった。

自分だけを頼る猫を見ていると、甘い切なさで心が震えた。

『自分の思い通りにできるものがほしいのね……あなたはお父さまにそっくりだわ』

デーボラの言葉は幼いアントニエッタを傷つけたけれど、気力を奪うことはなかった。

どうして自分が大切だと思うものを、できる限り大切にするのがおかしいのか。

自分の力を最大限に使って愛するものを守るのは当然のこと。

それがわからない母は可哀想な人――。

優しさと激しさが、アントニエッタの小さな身体にはぎっしりと詰まっていた。

彼女の昼夜を問わない看病で病が癒《い》えた老猫は、二年後穏やかに天寿《てんじゅ》をまっとうした。

そのときの彼女の嘆きは子どもとは思えない激しさだった。

『どうして側にいてくれないの……こんなに愛したのに……どうしていなくなるの？』

そう言って、まるで愛しい恋人を失ったように何日も泣きじゃくり、泣きすぎたあまり、呼吸困難に陥って引きつけまがいに身体を震わせた。

『気味の悪い子……。たかが猫にこんなに感情を動かすなんて貴族の血とは思えないわ。まるで平民みたいね』

『そうかもしれないな。おまえの腹から生まれたことは間違いないが、父親が私とは限らない』

『ばかばかしい。そんなこと、ファルネーゼ家の名にかけてもお許しにならないのは、ご自分が一番よくご存じでしょうに』

泣いている娘を目の前にして、父と母は冷たく罵り合う。

『それにアントニエッタはあなたにそっくりですわ』

『似ている？　どこがだ？』

カヴァリエーレが身を捩《よじ》って嘆く娘を他人のように眺めた。

『どうやっても自分の思うようにしたがるところ。自分の思い通りにならないとこうして感情を爆発させるところ。館中の迷惑を考えずに病気の猫を連れ込んだり、猫が死んだくらいでこの世の終わりみたいに泣いたり——命まで自分の思うようにならないと気が済まないみたいですわ。子どもらしい素直なところは欠片もない、本当に鬱陶しい子だわ』

『おまえに似て多情なんだろう。少なくとも我が儘なのはおまえ譲りだ。銜《くわ》え込んだのが男か猫かの違いだ。おまえの血を引いたこの娘が、猫ではなく男を引きずり込むのも遠い将来の話ではないだろうな。腐った心根が顔に出ていないのも、おまえと瓜二つだ。アントニエッタも、おまえの望む素直な〝ブラヴァ〟をどこかで見繕ってくれれば良かったな』

上品な口調を崩さずに品の悪いあてこすりを、ひんやりと言い返すカヴァリエーレに、デーボラが憎しみに満ちた目で言葉を詰まらせた。

いったい二人は何を言っているのだろう。

鬱陶しいとか、子どもを見繕ってくるとか、意味はよくわからなくても聞いているだけで苦しいくらいに哀しくなってくる。自分が両親に愛されていないことがひしひしと感じられた。

老猫を失った自分にはもう何も愛するものがいないし、誰も愛してくれないだろう。

だが父と母の凍《こお》った言葉から守るように、側にいたクリストファーロがアントニエッタを抱きしめた。

『泣きたいだけ泣いていいんだよ、アントニエッタ。哀しいのは当たり前なんだ。君はただとっても優しいだけなんだよ……。大切にすればするほど、失ったら哀しい。哀しくないのは大切に思っていないからだ。だから、安心して哀しんで大丈夫だよ』

『お兄さま……お兄さま……』

たった一人だけでも、自分を愛してくれる人がいる。アントニエッタは兄に縋《すが》り付いて、その温かさを貪《むさぼ》った。

『人前で取り乱すなどみっともないこと』

『この歳で男に甘えることを知っているとは、さすがにおまえの子だ、デーボラ。クリストファーロにはお似合いの妹になったな』

アントニエッタとクリストファーロの二人を母は嫌悪の目で眺め、父は明らかに小馬鹿にして鼻を鳴らした。

大切にしていた猫を失って泣くのが見苦しい理由も、その哀しみを慰める優しさを軽蔑される理由もわからない。

わかっているのはこの館で兄だけが頼りだということだ。

『大好きよ、お兄さま……お兄さまだけがアントニエッタをわかってくれるのね……いい子じゃないのに……』

『ブラヴァ』でなければならないという呪縛《じゅばく》にがんじがらめにされながらも、アントニエッタはクリストファーロの耳に囁《ささや》く。

たくさん愛して、たくさん愛されたい。それを願うのは、父や母が言うように我が儘でみっともないことなのだろうか。だとしたら我が儘すぎて、大切な兄にも嫌われてしまう。

そう考えただけで身体中にキンとした痛みが走った。

『お兄さま……どこへも行かないで。いい子でいるから……我が儘を言わないようにするから』

抱きしめてくれる兄の胸にしっかりと頬を寄せて、アントニエッタは両手で強く抱き返した。

そのときの気持ちは月日が流れても変わらなかった。

クリストファーロが二十歳という大人の年齢になり、アントニエッタも十歳となって、無邪気なばかりの少女でいることが許されなくなっても、彼女は幼いころと同じように兄にまつわりついている。

兄もアントニエッタの願いをできる限り聞いてはくれるが、大人になった彼は忙しい。

父の望みどおりに育ったクリストファーロは、ファルネーゼ家の跡継ぎとして、父に同行しての外出が多い。館にいるときはモンベラーノ公国でも指折りの学者の講義を受けていて、アントニエッタの相手をするような時間はほとんどなかった。

だからアントニエッタは兄を見つけると、何をおいても側に駆け寄る。

今日も館の石柱回廊を一人で散歩していると、太い石柱の陰《かげ》にちらりとクリストファーロの背中を見つけた。

お兄さま――この距離では声を出しても聞こえないだろうと判断したアントニエッタは、クリーム色のドレスの裾を摘《つま》んで、大理石の廊下を走り出す。

だが黒ずくめの兄の姿がはっきり見えたとき、カヴァリエーレと一緒だと気がつき、ぴたりと足を止めた。

「場所はわかっているな。間違えるなよ」

そう言った父は天鵞絨の上着からずっしりした革袋を取り出して、クリストファーロに渡す。

「……レッジョール街ですね。そのイザベッラという女性が暮らす場所は」

あまり風紀のよろしくない街の名前と、女の名を確認するクリストファーロの声は低く、アントニエッタに対するときのような明るさはない。

「何度も聞くな。無駄な時間を私に使わせるな、馬鹿者」

「申し訳ありません」

そう言って頭を下げたクリストファーロの黒い目には、言葉とは裏腹の反抗的な光が浮かんでいる。

「ではこれからすぐにイザベッラという女性のもとへ行き、お預かりした手切れ金を渡して参ります」

手切れ金という聞き慣れない言葉に、アントニエッタは耳をそばだてる。

「普通の女が一生かかっても手にできない大金だ。喜んで受け取るだろう」

「……父上が直接行かれたほうがいいのではありませんか？」

抑えた声に軽蔑が交じっているように聞こえるのはどうしてだろう。アントニエッタは胸の鼓動が速くなった。

「何故だ？　もう用のない女など会う必要もない」

「彼女のお腹の中に赤子がいると聞いていますが」

「流れたらしいぞ」

笑いを含んだ言い方だったが、何故か惨い響きがある。アントニエッタは意味もわからないのに背中がぞくっとした。

クリストファーロの背中がまるで父を責めるように強ばる。

「流した……の間違いではないのですか？」

「私は敬虔《けいけん》なクリスチャンだ。神から賜《たまわ》ったものをお返しするなどあり得ん。口を慎《つつし》め！」

わざとらしい怒りで目を細めたカヴァリエーレに、クリストファーロは無言で頭を下げた。

「生まれる必要がないから生まれてこなかった。全ては神の思《おぼ》し召《め》しだ。不幸な子が増えなくて良かったのだ」

カヴァリエーレがもったいぶった仕草で十字を切る。

「生まれてきたことが不幸かどうかは、神ではなく自分が決めることです、父上——では行って参ります」

返事を待たずに、金の入った革袋を握りしめてクリストファーロは踵《きびす》を返した。

「用を済ませたらさっさと戻るんだぞ、クリストファーロ。おまえの持って生まれた血が騒ぐかもしれないが、イザベッラのような女には手を出すな。きれいな女だが毒婦《どくふ》だ。たとえば孤児院に子どもを捨てるような……な」

背中にかけられた言葉に、兄の頬がぴくぴくと痙攣《けいれん》するのがわかった。だが唇を固く結んだ彼は父のほうを振り返らずに真正面に視線を据えたまま、ぱっと柱の陰に隠れたアントニエッタの横をすり抜けていった。

何かに激しく怒っているように、クリストファーロの黒い目は底光りしていた。

兄のそんな目を見るのは初めてで膝《ひざ》が震える。柱に縋り付いて父の様子を窺《うかが》うと、兄の背中を見送る父の顔には、アントニエッタのような少女にもわかる嘲りの色が浮かんでいた。

二人の会話の内容は彼女には難しすぎたが、とても怖ろしいことが隠されているのだけは理解できた。

肩をそびやかした父の姿が回廊の向こう側へ消えて行くのを見届けた彼女は、柱の陰から出て、兄のあとを追いかけた。

このままクリストファーロを行かせたら、悪いことが起こりそうな気がする。

「お兄さま！」

馬車道に通じる樫《かし》の大門から馬に乗り、鼻面を返そうとしているクリストファーロを捕まえた。

「アントニエッタ……どうしたの？」

手綱を緩めたクリストファーロが馬上から言う。

兄の顔はさっきの表情が見間違いかと思うほど柔らかく、アントニエッタは少し落ち着く。

「お兄さま、どこへ行くの？」

「父上に用を頼まれたんだ。明るいうちに戻れたら庭を少し散歩しようか」

宥《なだ》める笑顔を向けられたアントニエッタは、かえって不安が胸に広がる。

クリストファーロが父から頼まれた用が、とてもおぞましいものだということだけは感じる。

「行かないで、お兄さま。イザベッラなんていう人のところへは行っちゃ駄目！」

考えるより先に言葉が飛び出す。

「アントニエッタ……どうしてそれを」

「お父さまとお話しているのを聞いたの」

元来嘘がつけないアントニエッタは、正直に打ち明けて、馬上の兄を見あげる。

「イザベッラって『どくふ』っていう怖い人なんでしょう？　お兄さまに何かあったら大変だもの。お父さまのご用は誰か他の人に行ってもらえばいいわ」

必死に訴える彼女の言葉に、クリストファーロから笑顔が消えて視線が尖った。

「アントニエッタ、黙りなさい」

強い声で言われて、アントニエッタはびくんと震え、口を閉じた。

「意味がわからなくて言っているのだと思うけれど、毒婦というのは悪い言葉だ。淑女なら決して使ってはいけない」

聞いたことのない厳しい口調に、アントニエッタは両手を唇に当てて頷く。

また悪いことをしてしまった、いい子になれないという後悔が過《よ》ぎる。

「それから、会ったこともない人を噂だけで悪く言うのも恥ずかしいことだ。イザベッラという人は今とても困っているんだよ。父上が行かないなら僕が行くのが当然だからね。ファルネーゼ家の人間としての義務だ」

最後は穏やかな目になったものの、きっぱりとした意志は伝わってきた。

「……お兄さまはイザベッラっていう女の人が好きなの？」

父のために果たす用なのに、まるでイザベッラという女性に責任を感じているような兄にどういう理由《わけ》か苛立ってしまう。

「何故そんなことを言うのかな、アントニエッタ。君らしくないよ」

確かに変な気持ちだとアントニエッタは自分でも思った。

クリストファーロが女の人のところへ行くのがとても嫌だ。

——あなたにそっくり……どうやっても自分の思うようにしたがる……自分の思い通りにならないとこうして感情を爆発させる……。

——多情なんだろう。少なくとも我が儘なのはおまえ譲りだ。

両親が互いにあてこすっていた会話が不意に甦《よみがえ》ってきて、アントニエッタは羞恥を覚えて俯いた。

きっと自分はとてもいけない子なのだろう。父や母が望むような『ブラヴァ』では絶対にない。

父も母も娘を愛さないのは、こんなふうに身勝手だからに違いない。クリストファーロだけはこんな自分を大切にしてくれるのに、甘えすぎてしまう。

アントニエッタは胸にわき上がるもやもやした気持ちを両手を握りしめて抑え、再び兄を見あげた。

「ごめんなさい、お兄さま。でも早く戻ってきて一緒にお散歩してちょうだい」

「わかったよ、アントニエッタ。なるべくそうする」

「約束よ、お兄さま」

にこっと笑ったクリストファーロに向かい、アントニエッタは唇の前で人差し指をクロスに結んで約束をせがんだ。せめてそれぐらいはお願いしても大丈夫だと思いたかった。

「……わかったよ、約束しよう。でも今日は少し寒いから部屋で待っていなさい」

少しためらったものの、アントニエッタの真剣な様子にクリストファーロは折れた。

「じゃあ、待っているわね、お兄さま！」

約束を取りつけた安堵《あんど》感で大きな声をあげたアントニエッタは、馬を走らせる兄を見送った。

だが太陽が地面に近くなりこげるように真っ赤になっても、クリストファーロは戻ってこない。庭の緑が焼けそうに赤く染まり、やがて暗闇が木々を黒い影に変えていく。

アントニエッタの胸にあった小さな不安がどんどん膨らんで、身体中にはびこっていく。

いても立ってもいられなくなった彼女は、門のところまで走りでた。

辺りを見回しても人影はなく、馬の蹄《ひづめ》の音も聞こえない。

兄は本当に戻ってくるのだろうか。

自分との約束を破って、イザベッラという女性とずっと一緒にいるのだろうか。

そんなのは嫌だ——とても我慢できない。

「お兄さまは私のものなの——他の女の人にはあげないの……。絶対絶対……駄目なの……お兄さまだってアントニエッタを一番に好きなはずだわ。絶対に帰ってくる。『ごめんね、アントニエッタ』って言うわ」

噛みしめすぎて血が滲《にじ》んだ唇で彼女は自分に言い聞かせた。

やがて空気がすっかり冷え切り、辺りを闇が取り囲む。門の側に佇んだアントニエッタは月明かりを頼りに兄を探す。

「早く戻ってきて、お兄さま——早く」

まじないのように呟きながら、クリストファーロを待った。

もし今部屋に戻ったら二度と兄に会えないような気がして、動くことができなかった。

「お兄さま——アントニエッタを一人にしないで——」

彼に見捨てられたら自分はこの広い館でたった一人だ。そんなのは耐えられない。

「早く……早く。お兄さま……」

黒い空に浮かんでいた月が黒雲にかき消え、雨粒が落ちてきてアントニエッタの巻き毛を濡らし始める。

やがて雨は激しくなり、巻き毛は頬にはりつき、クリーム色の絹とレースのドレスは野良犬のように濡れて肌にまつわりつく。それでもアントニエッタは一歩も動こうとはしなかった。

小間使いが呼びに来ても、「いいの」という一言で退《しりぞ》けた。

濡れ鼠になったアントニエッタの瞳に浮かぶ激しい色に、言葉を呑んで小間使いは後ずさった。

「……旦那さまみたいなお顔……」

呟いた小間使いが逃げるように館に戻っていっても、彼女はただひたすらにクリストファーロを待った。

「一人はいや……お兄さま……戻って……いい子でいるから……お願いよ。アントニエッタを一人にしないで……」

骨の髄《ずい》まで雨が染みこんだ身体の芯が凍《こご》える。歯の根が合わなくなり、彼女は両腕で自分の身体を抱えて震えを押さえ込もうとする。

やがてその冷たさが激しい熱に変わって、肌をちりちりと焼く。

頭がぼんやりして、足もとがふらついても門に手をついて身体を支えた。

「……クリストファーロお兄さま……」

兄の名前を呼びながらアントニエッタはずるずると屈み込んでしまう。

「クリストファーロ……お……兄さま……」

兄が帰ってきてくれなければ、自分はこの館でたった一人になってしまう。愛することも愛されることもなくなり、うち捨てられた兎みたいに寂しさできっと死んでしまう。

凍えているのに頭は燃えるように熱く、クリストファーロのこと以外考えられない。

今ここから動いたら、イザベッラという人に負けてしまう。彼を奪われてしまうという幻想に取り憑《つ》かれて、アントニエッタは身動きもできなかった。

自分はいい子じゃないから、こんなふうにいつも見捨てられてしまうのかもしれない。

どうしたら『ブラヴァ』になれるのだろう?

誰か教えてほしい。もっと愛してほしい。

「……お兄さま……」

容赦なく叩きつける雨に息が詰まりかけたアントニエッタの耳に、雨音に交じって蹄の音が聞こえてきた。

朦朧《もうろう》としながら顔をあげると、暗闇の中からどろりとした塊《かたまり》が近づいてくる。

「――お兄さま……?」

ふらふらと立ちあがると、その塊が近づく速度をあげた。

「アントニエッタ!　何をしているんだ!」

彼女が兄を認めるよりも先に、クリストファーロがアントニエッタに気づき、馬から飛び降りて駆け寄った。

「……お兄さま」

抱き留められたアントニエッタはクリストファーロの胸に崩れながらしがみつく。

「一緒にお散歩するって約束したわ。だから待っていたの」

「悪かった。どうしても早く戻れなかったんだ」

「……お兄さま……」

アントニエッタは濡れた身体で兄に縋り付く。

「イザベッラっていう人に、お兄さまを取られたのかと思ったの……」

「……何を言うんだ」

びしょ濡れのアントニエッタをしっかりと抱きしめて、クリストファーロが驚いた声を出す。

「……だって、アントニエッタいい子じゃないから……みんないなくなるの……お父さまもお母さまも……アントニエッタを嫌いなの」

「……アントニエッタ」

クリストファーロが息を呑んだ。

「あんなに大切にした猫もアントニエッタを置いていったの……好きなのに……いつもいなくなるの……お兄さまもいなくなるの？」

頭がじんじんと痺《しび》れて言葉がもつれ、目の前がくるりと回った。

冷え切った身体に残っていた力を使い果たしたのか、アントニエッタは足もとがふわっと浮き上がるのを感じ、目の前のクリストファーロの顔が霞《かす》んだ。

「お願いよ……お兄さま……アントニエッタを置いていかないで――」

「アントニエッタ！」

兄の手が自分を抱えるのを感じたのを最後にアントニエッタの意識はぷっつりと途切れた。

次に気がついたときには、彼女は自分の寝台の上にいた。

濡れたドレスは白い絹の寝間着に代わり、乾いた髪はもつれて薔薇《ばら》模様の枕の上に広がっている。

寝台はふんわりしているし、身体もすっかりきれいになって心地がいいはずなのに、目を開けたとたん吐き気がした。しかも、頭はぼんやりして目の焦点が合わず、辺りの様子がわからない。

「アントニエッタ、気がついたかい？　熱があるようだけれど、気分はどうだ？　一晩休めば大丈夫そうか？　あまり騒ぎ立てるのもどうかと思うんだが……」

屈み込んできた気遣わしげな顔がようやく視界の中ではっきりした。

「あ……」

呼びかけようとしたが声が上手く出ない。身体中が熱くて、吐いた息で頬が焼けそうな気がしてアントニエッタは顔をしかめた。

「アントニエッタ……どこか痛いのか？」

そっと頬に手を触れたクリストファーロはきつく眉根を寄せた。

「さっきよりずいぶん熱い……すぐに医者を呼ばないと」

自分のために急いで部屋を飛び出していった兄の背中に安堵を覚えながら、アントニエッタは再び深く目を閉じた。

クリストファーロは自分を見捨てなかった——それだけでアントニエッタは幸せな気がした。


冷たい雨に打たれながらクリストファーロを待ち続けたアントニエッタは肺炎になった。

高熱を発し、胸を刺す鋭い痛みに息をするのもやっとの日が続く。

クリストファーロは夢とうつつを行き来する彼女をひたすら看病した。

高熱に浮かされながらも、アントニエッタはクリストファーロ以外の人間が側にいることを拒絶した。

胸の痛みも、頭が痺れるほどの高熱もクリストファーロの顔を見ると耐えられた。どこかへ身体が漂っていきそうな頼りなさも、彼に手を握られると大丈夫だと思えた。

だが問いかけには答えても、自分からは口を開かなかった。

兄が自分だけを見つめてくれる時間が何よりも幸せでたまらない。自分のことだけを考えて、後悔に溢れた黒い目を見ていると身体が疼《うず》くような喜びでいっぱいになる。

この時間がずっと続けばいい。

一生治らなくてもいいから、クリストファーロを独り占めしていたい。他の誰にも渡したくない。

小間使いが身体を清めようとするのを熱で細くなった腕で精一杯に振り払い、アントニエッタはじっとクリストファーロを見つめ細い声でせがむ。

「……お兄さまがいいの……」

一瞬ためらったがクリストファーロは小間使いを部屋の外に出すと、アントニエッタと視線を合わせる。

「僕がするよ。アントニエッタ。それでいい？」

「……」

息だけで肯定すると、彼が少し微笑んだように見える。

「……目を閉じて、アントニエッタ」

静かな声で促され、アントニエッタは瞼を閉じた。

襟元のリボンをほどくクリストファーロの指の動きを、熱で敏感になった肌が感じ取り、背中がぞくぞくする。

「寒い？」

微かな身体の震えに気がついたらしい問いかけに、アントニエッタはただ唇を結んだ。療養中の部屋は充分に暖められ、淀《よど》んだ空気は暖まっている。寒いはずなどない。

彼女の無言を答えと取ったクリストファーロは、寝間着のリボンを全てほどくと、アントニエッタの肌からするりと剝ぎ取る。

久しぶりに触れた外気に肌が少し粟立《あわだ》つが、香油入りの湯に浸した絹布で宥めるように撫でられる。その心地よさに、アントニエッタの唇から吐息が零《こぼ》れた。

クリストファーロの手が小さな乳房から柔らかい二の腕、腋下《わきした》まで丁寧に拭《ぬぐ》っていく。

平らな腹をなめらかな絹が滑ると、何故か足の間がじんわりと痺れるような感じがした。熱に浮かされたときの気怠《けだる》さとは違う甘い切なさは、快さと同時に何故か後ろめたさも味わわせる。

昂ぶっていく感覚が少し恥ずかしくアントニエッタは身体を硬くして、表情を隠した。人形のように振る舞う彼女を、クリストファーロは細心の注意を払って優しく扱う。

絹布を何度も香油入りの湯に浸しては、アントニエッタの肌を清めていく。

まだ平らな乳房をまるく拭く布の動きにアントニエッタの息が少し熱くなり、声が洩《も》れる。

「……ふ……」

「痛いの？」

短い問いかけに、少し首を横に振ると布は緩やかに肌を滑り続けた。

えくぼに似た臍《へそ》の窪《くぼ》みも舐めるように拭き取る。

小さな細波《さざなみ》が肌を走っていくのを、アントニエッタは奥歯を嚙みしめてこらえた。

目を閉じていても、彼の指の些細な動きを全て頭で描くことができる。

身体をかがめて布を扱うクリストファーロの息が肌にかかり、ときおり唇が肌を掠《かす》める。

乳房……下腹……そんなはずはないのに、温かい唇が強く押し当てられる錯覚《さっかく》にアントニエッタの鼓動が速くなる。

腿《もも》の間を拭いていた絹布はやがてためらいがちに、アントニエッタの最奥に届く。

「ん――」

つきんとした奇妙な甘い痛みに声が洩れると、動きが一瞬止まる。

出してはいけない声をあげた気がしてアントニエッタは横を向き、枕に横顔を埋めた。

深い息を吐いたクリストファーロの手がまた動き始める。

アントニエッタが自分でも形すら知らない身体の奥で、その手が緩やかに動く。

滑らかに動く絹布に合わせて身体の熱がまたあがっていった。けれど気分はふわふわとしていつまでもこうされていたいと思う。初めて味わう心持ちにアントニエッタは短い息を何度も吐いた。

「お兄さま……アントニエッタは悪い子なの……？」

屈み込んで足の指の間を拭うクリストファーロに、アントニエッタは呟いた。

こんな気持ちになるのは、きっと自分が両親の言うように悪い子だからなのだろう。

「……お兄さまを他の人に取られたくないって思うのは、私が多情だからなの？」

多情の意味もわからないが、父の軽蔑に満ちた口調を思い出して、アントニエッタは胸が痛んだ。

「アントニエッタ、——その言葉は良くない言葉だ——たとえ父上でも言っていいことではないんだ」

クリストファーロの声に交じる苦みに瞼を開けると、兄の顔には父を責める色が滲んでいる。

「君はただ愛情が深いだけだ。相手が嫌がらない限り、それは悪いことでも何でもないよ……」

「お兄さまは……嫌じゃない？」

おそるおそる尋ねると、クリストファーロが優しく微笑んだ。

「嫌じゃないよ」

間髪を容れない答えに、アントニエッタの全身に安堵が広がる。

「……じゃあ、お兄さまを好きでもいいの？」

クリストファーロに向かって手を伸ばすと、指先を強く握られた。

「もちろんだ。君が僕を好きでいてくれて、とても嬉しいよ」

飾り気のない言葉はアントニエッタの胸にまっすぐに伝わって、彼女を舞い上がらせた。

自分の身体も心も幸せな気持ちにしてくれるのはきっと彼だけだ。

アントニエッタが熱を出しても人任せで、自分のことにかまけている両親などに愛を求めなくてもいい。クリストファーロだけが必要だ。

「ずっと側にいて、お兄さま」

全身に溢れてくる願いを言葉にするアントニエッタを、クリストファーロが真剣な目で見下ろす。

「側にいる。僕はずっと君の側にいるよ」

誓うように繰り返すクリストファーロに向かってアントニエッタは手を差し伸べ、その黒髪に触れた。

「約束のキスをして、お兄さま。忘れないように――」

クリストファーロのキスを唇に感じながら、アントニエッタは兄を手に入れた喜びを全身で味わっていた。

＊　＊　＊　＊

クリストファーロは自分の部屋の窓から、庭を散歩するアントニエッタを眺めた。

長く続いた高熱のせいで少し痩せて、肌の艶もまだ戻っていない。

それでも足取りはしっかりしてきた。確実に回復していることに、クリストファーロはほっとする。

――イザベッラっていう人に、お兄さまを取られたのかと思ったの。

――アントニエッタいい子じゃないから……みんないなくなるの……お父さまもお母さまも……アントニエッタを嫌いなの。

――あんなに大切にした猫もアントニエッタを置いていったの……好きなのに……いつもいなくなるの……。

あれほど愛を求めているアントニエッタがいつも飢えていることが、可哀想でならない。

愛だけで腹は膨れないが、愛がなければ人は渇いてしまう。

権勢欲が肥大したカヴァリエーレにも、自分だけがかわいいデーボラにも決して理解できないことだろう。

何故アントニエッタのような娘があの二人の間に生まれたのか、クリストファーロは不思議でならない。

両親の欠けた部分を補うかのように、アントニエッタの情愛は深くて激しい。

彼女が覚えているはずのない最初の出会いから、いつもアントニエッタはまっすぐにクリストファーロに向かってきた。

物心ついてからもアントニエッタはクリストファーロを厭うようになるどころか、見つければ駆け寄ってきてまつわりついた。

彼女が生まれる前に彼が想像したのとは違い、父のカヴァリエーレも母のデーボラもアントニエッタに冷淡だった。

彼女の世話は、二人の乳母と数人の小間使いに任され、父はおろか母でさえ一切かまうことはなく、かまってほしがる幼い娘を鬱陶しそうに手で払うことまでした。デーボラにとっては娘を抱きしめることより、ドレスや髪型を美しく保つことが大切らしい。

血の繋がりもなく、ファルネーゼ家のための道具にすぎない自分を愛せないのはわかる。だが何故、実の娘にまでこれほど関心がないのだろうか。

この館の主とその妻は人ではない。人に似た何か違う生きものだと、クリストファーロはとうとう悟った。

その血を引くアントニエッタもまた人ではないのだろうか――ふとそんな考えが過ぎったが、脳裏に焼き付いた最初の出会いが、クリストファーロを邪《よこしま》な考えから引き戻す。

ファルネーゼ家に抱いている嫌悪を、理由もなくアントニエッタにぶつけることだけはすまい。

クリストファーロのその気持ちはまだ本物の愛情とは言えなかったけれど、父にも母にもかまわれないアントニエッタにとって、クリストファーロはたった一人、自分を気に留めてくれる肉親だったのだろう。

アントニエッタは、父や母を呼ぶより先に「お兄ちゃま」と言った。

——お兄ちゃま、こっちに来てアントニエッタと一緒にお散歩して。

——お兄ちゃま、一緒にお菓子を食べましょうよ。

デーボラ譲りの美しい巻き毛を揺らして駆け寄ってくる彼女を、愛しく感じる気持ちをクリストファーロは必死に抑え込んだ。

妹と言っても血の繋がりなどない。この先いつ、本当に血の繋がった両親のように自分を疎ましく思うようになるかわかったものではない。

誰かに心を許せば、幼いころから自分を支えてきた決心が崩れてしまう。

——決して負けない。この館の人間など誰一人、信じない。頼らない。

子どもでも油断すれば足を掬《すく》われる。

そう言い聞かせて、クリストファーロはときにアントニエッタの願いに気づかない振りをした。

なのに彼女は何度でも何度でも、その手を無邪気に差し出してきた。

そしてあの出来事が起きたのは、アントニエッタが五歳になったころだ。

勉強の進み具合について、いつものようにカヴァリエーレに叱責された。

引き取られた当初は確かに何も知らなかったクリストファーロだが、そのころにはもう家庭教師も感心するほどの知識を身につけていた。

それでもカヴァリエーレは、彼をなじった。

『私が読むように命じた本をまだ全部読み終えていないとは、私の息子失格だな。クリストファーロ』

一週間も流行風邪で寝込み、ようやく寝台から離れたばかりのクリストファーロにも容赦しなかった。

『……すみません』

口答えなど許されないことを身体で理解しているクリストファーロは、そう言うしかなかった。

だが壁に掛けてある鞭を手に取ったカヴァリエーレは、ぴしりと音を立ててクリストファーロの脛《すね》を打つ。

まだふらふらする足を打たれた彼は床に膝をついてしまうが、カヴァリエーレは冷たい目で見下ろし叱りつける。

『申し訳ありません、父上、だろう。そういう卑しい目をして、だらしのない詫びの言葉を使うな！　生まれが知れる！』

『……申し訳……』

ふらふらして舌がもつれ、きちんと言葉にならなかった。

父が入ってきたときに開けたままの扉から叱責の声は外に洩れているだろうが、館の主の振る舞いを止める者などいるはずもない。

『それがファルネーゼ家の息子か！　立て、クリストファーロ！』

床に手をついて立ちあがろうとする耳元を鞭が掠め、クリストファーロはまたがくんと身体を崩す。

『早くしろ！』

もう一度鞭が振り上げられたとき、高く叫ぶ声が聞こえた。

『お兄ちゃま！』

ぱたぱたと軽い足音をさせてアントニエッタが彼の側に駆け寄った。

『大丈夫？　お兄ちゃま』

新しいドレスの膝をついてクリストファーロの側に屈み込んだアントニエッタに、カヴァリエーレが苛立つ。

『どけ、アントニエッタ』

『いやよ。お父さま』

小さな手をクリストファーロの身体に回して、アントニエッタはカヴァリエーレを見あげた。

『……アントニエッタ……大丈夫だから、お部屋に戻るんだ』

クリストファーロはぎこちない笑みを浮かべて促したが、彼女は首を横に振る。

『お父さまが、お兄ちゃまを叱らないってわかるまで、ここにいるの』

『生意気を言うな、アントニエッタ。おまえが口を出すことではない！　関係ないことに子どもがしゃしゃりでるな！』

まだ幼い娘を相手にしているとは思えない厳しい口調はクリストファーロをぞっとさせるが、アントニエッタは怯まない。

『だってお兄ちゃまはアントニエッタの大切なお兄ちゃまだもの。関係あるの』

小さな手でアントニエッタはぎゅっとクリストファーロを抱きしめる。

『そうか、関係があるか。だったら罰も一緒に受けろ』

カヴァリエーレの声がいっそう凍ったことにびくっとして顔をあげたクリストファーロは、鞭が高だかと振り上げられるのを目にした。

『アントニエッタ！』

自分を抱えるようにしがみついていたアントニエッタの身体に全身の力を込めてクリス

トファーロは覆い被さる。

次の瞬間、空気を切る音がして彼の背中を鞭が打った。

『うっ――』

加減のない力で打たれ、彼は呻《うめ》きながらもアントニエッタを全身で庇《かば》う。

『お兄ちゃま！　お兄ちゃま！』

クリストファーロの背中に再び鞭が当たると、アントニエッタが叫び声をあげて、泣き出した。

『やめて、やめて、お父さま！　お兄ちゃまをいじめないで！』

感情を抑えることをしないアントニエッタの悲鳴は、おそらく館中に聞こえるだろう。

さすがにカヴァリエーレが鞭をおろした。

『兄妹揃って、見苦しい――私の子とは思えない』

吐き捨てるカヴァリエーレを、床に這《は》いつくばったままクリストファーロは見あげる。

『アントニエッタは父上の血を引いています。それだけはお忘れにならないでください』

言外に、実の娘への非情さを責めたクリストファーロを、カヴァリエーレは鞭を投げ捨てて睨《にら》み付けた。

『ファルネーゼ家の名誉を穢す人間は、私には不要だ。いつでも切り捨てる心の準備はしている。血が繋がっていても、いなくてもな。ファルネーゼ家にいたければ、私の役に立て。それがファルネーゼ家の掟だ——私のために『ブラボー』でいろ！　それがファルネーゼ家で生かされているおまえたちの義務だ！』

冷え切った声で宣告したカヴァリエーレが部屋を出て行くと、彼は痛む身体を起こし、泣きじゃくるアントニエッタを抱きしめた。

『お兄ちゃま、お兄ちゃま——大丈夫なの？』

混乱しながらもクリストファーロを気遣うアントニエッタの髪を優しく撫でてから、頬にキスをする。

『大丈夫だよ、アントニエッタ……君こそ大丈夫？』

『アントニエッタはいいの。お兄ちゃまが痛いのが可哀想なの』

アントニエッタは小さな手を彼の背中に伸ばそうとした。

『お父さま、ひどい……』

すすり上げながらアントニエッタは訴える。

『アントニエッタの大事なお兄ちゃまに痛いことをするなんて……あんまりなの』

——この館の人間など誰一人、信じない。頼らない。

固く閉ざしてきたクリストファーロの心の扉を、アントニエッタの小さな手が力一杯押し開けてくる。

『お兄ちゃまのことはアントニエッタが守ってあげる』

涙に濡れた丸い頬をアントニエッタはクリストファーロの頬に押し当てる。

『お父さまもお母さまもアントニエッタが要らないの……だからアントニエッタはお兄ちゃまがいればいいの』

彼女に向かって開き出した心の扉はもう止まらなかった。

『アントニエッタは……僕が好きなの？』

自分を愛する人など誰もいない。

無条件で自分を愛してくれる人などいるはずもない。

そう思ってきたけれど——本当は違うのかもしれない。

怯えを纏わせた希望を、クリストファーロは唇に乗せた。

『好き。お兄ちゃまが好き……お父さまもお母さまも、みんなアントニエッタを好きじゃないの。お兄ちゃまだけがアントニエッタのことを見ていてくれるの……。お兄ちゃまがいないと、アントニエッタは寂しくてここで生きていけないの』

柔らかい身体が強くしがみつく。

『だからお兄ちゃまもアントニエッタを好きになって』

誰かに愛を与えられることはなんて心地がいいのだろう。

クリストファーロは差し出された愛の眩しさに目眩《めまい》がする。

この世に一人だけ、自分を愛して自分の愛をほしがる人がいた。

このとき初めて、クリストファーロは、人は憎しみだけではなく喜びでも生きられると感じた。

彼はアントニエッタを強く抱き返した。

『ああ、好きだ、君だけが好きだよ。アントニエッタ』

あのときから、アントニエッタはクリストファーロにとって特別な存在となった。

彼女を見ていると、愛するというのは一つの才能だと思えてならない。両親が欠片も持たなかった愛は全てアントニエッタに与えられたに違いない。

小さな身体から溢れる愛を、彼女はこれと思う相手に注ぎ込む。

その愛の尽きない豊かさはまるで神のようだけれど、彼女の愛は無償ではなかった。

自分が愛したぶんだけ、相手にも求めた。

自分が愛を注いで命を永らえた猫は、生き続けてアントニエッタに愛を返さなければならなかった。猫の死は彼女には裏切りのように思えたのだろう。

――私がこんなに愛したのに……どうして側にいてくれないの?

なんて生々しく、我が儘な愛だろうか。

もしかしたら誰もが彼女の深すぎる愛を持て余し、手を焼くかもしれない。

けれど、愛したぶんだけ愛されたいと思うのは当たり前だ。

誰にも愛されない人生を知らないから、そんな贅沢《ぜいたく》を言うのだ。愛はいつだって貪り貪られるものだ。

自分だけはいつでも彼女の愛に応えよう。

彼女ならばどんな柵《しがらみ》があっても、自分を愛してくれるだろう。

まだ幼いアントニエッタの姿に、クリストファーロは形にもならない未来を透かし見た。

3. 白い結婚

クリストファーロは庭をそぞろ歩いているアントニエッタを、サンルームの硝子《ガラス》越しにじっと見つめた。

波打つ栗色の髪は日の光で秋の小麦畑のように輝き、優雅な足取りは春の妖精のように重さを感じさせない。

十七歳になったアントニエッタには、未だに少女と女性が混在した、えもいわれぬ魅力がある。

あともう少しで本当の女性になるのに、どうして今――。

「父上」

クリストファーロは背後にいたカヴァリエーレを振り返る。足を組んで椅子に腰掛けた父はハーブで調合したグルートビールを優雅に味わっている最中で、迷惑そうに眉だけをあげた。

「アントニエッタを嫁がせるのは少し待ってはいかがですか？　アントニエッタならもっと良い縁談がいくらでもあるでしょう」

蠅《はえ》が耳元で飛んでいるかのようにカヴァリエーレは、顔の横で手を払い唇を歪める。

「バルベリーニ家と縁が結べるのに何が不満だ。このモンベラーノ公国で、一、二を争う名家だ。しかも名前だけの貴族ではなく資産も潤沢《じゅんたく》ときている。モンベラーノ公国の良家の子女がこぞって嫁に行きたがるはずだ」

「けれど夫になるエミリアーノ・バルベリーニはまだ十一歳です！」

あまりにあからさまな政略結婚に怒りが抑えられず声が尖った。

「それがどうした？　男と女に変わりあるまい」

「エミリアーノが……幼いころから病弱で、ほとんど寝台から起き上がれない身体なのは父上ならばご存じでしょう。いえ、モンベラーノ公国の貴族階級で知らない人はいないはずです。彼は年齢より遙かに幼いのですよ！」

「だからいいんだ。エミリアーノはきっとこの先も男にはならない。願ってもないことだ」

上を向いてカヴァリエーレは高笑いする。その品の悪さよりも、「願ってもない」という奇妙な言葉が気になった。

「……どういう意味ですか……父上」

ふんと鼻を鳴らしたカヴァリエーレは、クリストファーロの察しの悪さに嘲りの視線を投げた。

「エミリアーノのあの体質は生まれつきだ。バルベリーニ家付きの医師も完全な回復は諦めている。つまりエミリアーノは永久に大人の身体にならないし、女を抱くこともできない」

指で貴族らしからぬ淫らな仕草をしたカヴァリエーレは、密やかな笑みを浮かべる。

「結婚してもアントニエッタは処女のまま。それはモンベラーノ公国で周知の事実。つまりこれは誰もが認める『白い結婚』なのだよ、クリストファーロ」

「白い……結婚……とは……」

権力者が自分の保身や勢力拡大のために、自分の親族に偽装結婚させることだ。ほとんどの場合その契約は一時的なもので、当初の目的が達成されればいずれ婚姻は解消される。

「おまえの言うとおりアントニエッタは二年も経てば完全な大人になり、デーボラに似て男を惑わす美しい女になるだろう。そのときはバルベリーニ家と婚姻を解消し、スフォルツァ家に縁づかせる」

「スフォルツァ家？」

「そうだ」

「スフォルツァ家は枢機卿《すうききょう》の家系では……？　枢機卿は結婚などしません」

訝《いぶか》しがるクリストファーロにカヴァリエーレは小馬鹿にした顔を向けた。

「結婚しなくても女は必要だ」

「父上！　なんということを言うのですか」

娘を愛人として差し出す親などどこにいるのか。

だがカヴァリエーレは平然としてクリストファーロを見返す。

「一度結婚した女の行き先としては相応しい。しかも『白い結婚』であれば正真正銘《しょうしんしょうめい》の処女だ。生娘《きむすめ》が何よりお好きな枢機卿はさぞかし喜ばれることだろう」

「父上！　それではアントニエッタがあまりに可哀想ではありませんか。父上は親としてアントニエッタの幸せを望まないのですか？」

いっそう声が尖ったが、カヴァリエーレはまったく意に介さなかった。

「幸せ？」

立ちあがった彼は、クリストファーロの胸元を馬鹿にしたように指でつつく。

「私の義務はファルネーゼ家を繁栄させることだ。ファルネーゼ家当主の義務はすなわちおまえたちの義務だ。幸せうんぬんなど下賤《げせん》の者の言うこと。ファルネーゼ家の庇護《ひご》を受ける限りおまえたちは私の駒と心得ろ」

一片の情もない言葉と表情に、カヴァリエーレという男の本性を再び突きつけられる。

この館に引き取られたあの日、目の前で彼が妻と交わした会話がまざまざと甦る。

愛情のない、相手の弱みを抉《えぐ》り出すだけの言葉の応酬。

最初から勝者が決まっていて、罪人を打ち据えるためだけの会話。

カヴァリエーレはファルネーゼ家の絶対正義の裁判官であり、他者は全て彼の下僕で、役に立たない者は罪人でしかない。誰もが彼の思い通りに右往左往させられる。

言葉で彼を説得することも、やり込めることもできない。

それでも、血の繋がりのない自分ならともかく、実の娘ですらそう扱うのかという思いが拭えなかった。

「……ですがアントニエッタは父上のかわいい娘ではありませんか……」

家の醜聞を糊塗《こと》するために引き取られた自分とは立場が違うことを言外に仄《ほの》めかすと、カヴァリエーレが唇を歪めた。

「あれは母親の血を濃く引く淫乱だ。間違いなくデーボラそっくりの男たらしになる。男を渡り歩くのが似合いだ」

「父上……そんな言い方はあんまりです。立派な大人の男が言う言葉ではありません」

娘を貶めてはばからない彼に言い返さずにいられない。

「本当のことを言って何が悪い？　きれい事は真実を見極められない阿呆《あほう》の言うことだ。アントニエッタは母親に外も内も生き写しの美しい淫売だ。役にも立たない男を銜え込まないうちに有益な相手をあてがうのがファルネーゼ家のためだ。それに、おまえは私に意見できる立場なのか——コージモ」

侮蔑《ぶべつ》を込めてかつての名を呼び、カヴァリエーレはクリストファーロの胸をこづく。

「あのままどぶ鼠と一緒に地下を這いずって生きるはずだったおまえに、貴族の身分を与え、まがい物とはいえ金ぴかに仕立ててやったんだ。その貸しは一生をかけて返してもらわなければならない——わかっているな」

無言で見返すクリストファーロに勝ち誇った笑みを浮かべ、カヴァリエーレは椅子に腰をおろした。

「バルベリーニ家との関係は二年もあれば充分だろう……二年後、アントニエッタをスフォルツァ家に差し出す見返りとして、おまえはファルネーゼ家にとって一番有利な結婚をする。いいな」

「……父上」

これ以上の会話は時間の無駄でしかないのは、その顔つきを見れば誰だってわかるだろう。

自分のやり方を微塵も変えるつもりのない〝養父〟に、クリストファーロは幼いころの決心を胸に甦らせる。

——決して負けない。

――いつかここから抜け出して、自分の人生を自らの力でつかみ取る。

この男より強くならなければその願いは叶わない。

アントニエッタを救うこともできない。

――お兄さまはずっと私の側にいるの。

自分を待って冷たい雨に打たれ続け、肺炎になった彼女がクリストファーロに言ったあの言葉。

血の繋がらない妹はやがて両親に倣《なら》って、自分を侮蔑するようになるだろうと思い込んでいた。けれど自分と同じように両親の愛を受けなかった彼女は、クリストファーロを慕ってくれた。

たった一人の兄だと信じて、迷いのない愛を差し出してきた。

生まれて初めて、クリストファーロは血のかよった愛を彼女から与えられた。

孤児院のシスターのような同情の交じった施しではなく、本当にクリストファーロという人間を求めてくれた。

――行かないで、お兄さま。

アントニエッタの瞳に宿る直向《ひたむ》きさが兄への純粋な思慕だとしても、自分は彼女を一人の女性として愛している。

彼女が他の男のもとへ嫁がされることが逃れられない事実となった今、クリストファーロはもう自分の気持ちを偽れない。

——側にいるよ。アントニエッタ。ずっと側にいるよ……。

病が癒えた彼女を抱きしめて誓った言葉を何度でも繰り返そう。

目の前に立ちはだかる父という名の男を乗り越え、きっとアントニエッタをこの手に取り戻す。

クリストファーロは子どものころの決心をもう一度心に刻んだ。

＊　＊　＊　＊

胸に蜘蛛《くも》の巣のようなレースのついた純白のドレスは艶やかで、光の加減で水色にも見える。それに合わせた真珠の首飾りは、細いアントニエッタの首で重そうにうねっている。

「本当に素晴らしい出来映えですわ。アントニエッタさま」

小間使いがうっとりとしながらドレスの裾襞《すそひだ》を丁寧に直した。

「お兄さま、どうかしら？　似合う？」

椅子の背に肘をついて様子を見ているクリストファーロに、アントニエッタが楽しそうに両手を広げて見せた。

「……そうだね……とてもきれいだよ」

本当は温かみのない青白い花嫁衣装は、アントニエッタの顔色から血の気を奪い、この結婚の先行きの不穏さを予感させる。

「それだけ？」

アントニエッタは赤い唇を軽く尖らせて、拗ねて見せる。屈託《くったく》のない表情なのに、唇の間から覗く桃色の舌は、口づけを待つように濡れていた。

「似合っているよ、アントニエッタ。きっと……エミリアーノさまも喜んでくださると思うよ」

「本当？　だったら嬉しいわ。エミリアーノさまは私より六歳も歳が下なのよ。それにお身体がとても弱いんですって。うんとかわいらしくして、驚かさないようにしないといけないの。怖いお姉さまって思われたらすごく哀しいから」

首を傾げて心配するアントニエッタのうなじにはほのかな色香が滲んだ。

十七歳になった彼女は、まさに開きかけの蕾だ――。男を誘い、男に愛されることを求める気持ちが無意識の仕草に覗く。

――アントニエッタは母親に外も内も生き写しの美しい淫売だ。

父が吐き捨てた言葉が予言のようにクリストファーロの頭の中に響いた。

同時に、かつて見た彼女の白い肌が甦ってくる。

身体の奥まで自分に預け、硬い表情をしながらも僅かに頬を紅潮《こうちょう》させていた、淫らな愛くるしさは、忘れたくても忘れられない。

「アントニエッタ――」

あの夜の彼女を思うと、身体の奥からどろどろした熱が突き上げてきて、抑えきれない感情が言葉になりかける。

バルベリーニ家に嫁ぐ意味はわかっていても、その先のことなどアントニエッタは何も知らない。父親が用意した罠《わな》に落とされる彼女が不憫《ふびん》でならない。

「……大丈夫か？」

それしか言えなかったが、その言葉だけで、アントニエッタの上辺の陽気さが剝がれ落ちる。

「お兄さま、……怖いの……バルベリーニ家で私は何をするの？　エミリアーノさまなんて知らない、見たことも会ったこともない……お父さまは向こうで失敗するなとばかりおっしゃって……失敗するって何？　どうしたらいいのか、誰も教えてくれないの……」

茶色の瞳にみるみるうちに涙が溜まる。

指を伸ばして、目尻から落ちそうな涙を拭おうとしたクリストファーロの腕を、アントニエッタが強く握った。

「本当はどこへも行きたくないの——お兄さま」

爪が食い込むほど彼女の指の力が強くなる。伝わってくる痛みは、そのまま彼女が味わっている不安の強さだ。

「アントニエッタ」

クリストファーロは彼女をかき抱《いだ》く。

「大丈夫だ。アントニエッタ」

ひんやりとした白い絹に包まれた華奢な身体と自分の心が繋がるようにきつく抱き、クリストファーロはもう一度言う。

もちろん気休めのつもりはない。

いつかはカヴァリエーレに取って代わるつもりでいたが、それが早まっただけだ。

本当の愛というものを、彼はアントニエッタから生まれて初めて与えられた。

孤児院のシスターには「愛というのは無償なもの。貪る愛は神の教えに背くもの」だと教えられていた。

他人に与えても、その見返りを求めることをしてはならない。それが本当の愛なのだと何度も言われた。

確かにシスターたちがクリストファーロにくれた愛はそれに似ていた。けれど同情まがいの愛で満たされることはなかった。クリストファーロはいつも、食事の足りない腹と同じく、心も飢えて渇いていた。

カヴァリエーレに引き取られて食事に困ることがなくなり空腹を感じることがなくなっても、心の空洞が埋まることはなかった。自分のような生まれと育ちの人間には、心が満腹するなど過ぎた望みだと思い込もうとしたころ、アントニエッタが無邪気な手を差し伸べてきた。

赤子だった彼女の無垢な笑みは、少女の無邪気な笑みになり、それが女性の色香を帯びるようになっても零れるようにクリストファーロに向けられた。

そして彼女の愛は無償ではなかった。

――お願いよ……お兄さま……アントニエッタを置いていかないで――。

――ずっと側にいて、……約束のキスをして、お兄さま。忘れないように――。

アントニエッタのあどけない唇から零れた激しい懇願は、クリストファーロの胸を鋭く貫いた。まるで砂糖菓子が崩れるように胸の中に甘い痛みが広がり、どうしても埋まらなかった心の空洞を満たしていくのを、まざまざと感じた。

あの瞬間、クリストファーロは、己が本当に求めていたものを知った。

自分がほしかったのは、加減も遠慮もなく求められて、ぶつけられる愛だ。生々しくその質量を手のひらで感じ取ることのできる愛。

アントニエッタを我が儘だという人もいるだろうが、クリストファーロはそうは思わない。

愛したぶんだけ愛されたいと思って何がいけないのか。大切な人が一番に自分を思ってくれることを望んで何が悪いのか。

それが神に背くことなら、自分は神の御手《みて》など要らない。

もともと自分は神に愛されたことなどない。本当に神がいるのならば、親に捨てられて孤児院で育ち、他人の振りをして生きることを強いられる人生を何故送らねばならないのか。

本当の愛は貪り貪られるものだ。

「アントニエッタ、この結婚は君のためにならない」

「……お兄さま……」

しがみつく身体をきつく抱きしめながら、クリストファーロは秘かにその耳に囁く。

「けれど今すぐにはどうしようもない。けれど必ず僕が君を助け出す。それだけは信じてほしい」

「お兄さま……」

顔をあげたアントニエッタの濡れた頰に口づけをする。

「誓うよ。この結婚が深みにはまらないうちに必ず君を迎えに行く」

「……そんなことができるの？　お父さまがお許しになるわけがないわ……。お父さまはいつだってファルネーゼ家の役に立てとおっしゃっているのよ。この結婚だって、ファルネーゼ家のためなのですもの――」

アントニエッタの顔には喜びと同時に、叶わない願いだと思っている苦しみが浮かぶ。

「ファルネーゼ家のためにならないことは、お兄さまのためにもならないことだわ……」

意に染まない結婚を強いられながら、兄の立場を慮るアントニエッタに愛しさが募る。

クリストファーロはアントニエッタの目を見つめて、いっそう強い口調で言う。

「僕を信じてくれていいんだ。父上のことも、ファルネーゼ家のことも僕に任せてほしい」

「……お兄さま」

アントニエッタの声が揺れるのは、疑いたくはないけれど、迷っているからだろう。

父が一切の権利を有するファルネーゼ家で、兄がどうやってこの契約結婚から自分を救い出すつもりなのか見当もつかないはずだ。

だがクリストファーロには勝算がある。ここまで耐えて培《つちか》ってきた力を、機会が来たら全て使ってファルネーゼ家を丸ごと手に入れる。

「大丈夫だ、アントニエッタ。今は信じられないかもしれないが、必ず迎えに行く。君はただ僕を信じて待っていればいい」

揺るぎのない視線と声に宿る決意で、クリストファーロはアントニエッタの疑いを押し流す。

「……約束ね？　本当に迎えにきてくれるのを待っていていいの？」

まだ涙に濡れた目を瞬かせたアントニエッタに、クリストファーロはもう一度深く頷いて繰り返した。

「誓うよ」

隙間なく抱き合い、誓い合う二人の様子を、部屋の隅から小間使いが怯えたように眺めている。

「お兄さま……私、どうしても結婚しなければならないのならお兄さまがいいわ」

思わずといったように零れたアントニエッタの呟きに、クリストファーロは激しく心が震えた。アントニエッタの言葉の全てが真実ではないだろうが、そんな思いが微かにでもなければ思いもつかない言葉のはずだ。

「そうだね、僕も君に花嫁になってほしい……」

背後で聞いていた小間使いが「ひっ」と乾いた悲鳴のような呼吸を洩らす。

――兄と妹が交わす会話ではないか？

――怖ろしいか？

だが自分とアントニエッタに血の繋がりはない。愛し合おうとむつみ合おうと自由だ。

それにもし血の繋がりがあったところでかまわない。自分は生まれたときから人の則《のり》を外れた人間だ。

もともとこのカヴァリエーレ・ファルネーゼが支配する館に住む者は皆、正気ではないのだ。欲望のままに生きる。それがこの館の掟。

ならば自分もまた、誰はばかることなく、必ず望むものを手に入れる。

クリストファーロはびくつく小間使いの視線を跳ね返すように、いっそう強くアントニエッタを抱きしめた。

「アントニエッタ——君は僕のものだ。それを忘れないで」

「お兄さまのもの……」

クリストファーロはアントニエッタの巻き毛を一房指に掬い、口づけをする。

「そうだ、僕が必ず君を助ける。きっと助けるから——二年だけ待ってほしい」

「二年？」

訝しそうに見あげた目にクリストファーロは力強く頷く。

アントニエッタだけを手に入れることは今だってできる。けれど自分がほしいものはそれだけではない。

二年のうちに必ずカヴァリエーレに取って代わり、ファルネーゼ家の全ての権利を手中に収める。

ファルネーゼ家にきてからここまで這い上がった時間を無駄にするつもりもなければ、

自分が這い回った溝《どぶ》にアントニエッタを引きずり込むつもりもない。

ファルネーゼ家とアントニエッタ、必ず両方を手に入れる。

怯えるアントニエッタを抱きしめながら、クリストファーロは幼いころからの誓いをもう一度深く心に刻み込んだ。

4. 囚われの花嫁

バルベリーニ家の朝はとても遅い。

ほとんど日が昇りきったころ、天蓋つきの寝台で目を覚まして、天使の天井画を眺めることからアントニエッタの一日が始まる。

カヴァリエーレ家にいたころ、アントニエッタの部屋はこんなふうではなかった。壁には蔓薔薇の模様があったけれど、天井は白かった。

けれどこの館の天井にはたいてい絵が描かれている。

それはたぶん、アントニエッタの夫、エミリアーノ・バルベリーニのためだろう。

結婚の儀式のときに初めて会ったエミリアーノの小ささに、アントニエッタはとても驚いた。

想像していた以上に小柄な彼は背の高い屈強な侍従に抱き上げられて、祭壇の前でアントニエッタを待っていた。

薄い金色の巻き毛に、硝子みたいに青い瞳でじっと彼女を見つめ、けれど目が合っても無表情で、陶器の人形のようだった。

アントニエッタが話しかけても、何も答えずに、表情のないきれいな目で見返すだけだ。周囲の人間がかしずくようにして機嫌をとっても、何も聞こえていないみたいにほとんど反応をしない。

この年齢での六歳の違いは想像以上に大きく、アントニエッタは夫になった少年を友人とさえ思うことができなかった。

しかも子猫のようなエミリアーノは子猫と違って自由に動くことがままならず、一日のほとんどを、天井画を見ながら寝台の上で過ごす。いったいどこに接点を持てばいいのか、アントニエッタは迷うばかりだ。

手探りの毎日だが、侍女たちが来る前には起きていなければならない。

薔薇色のガウンを羽織って、アントニエッタは侍女たちを待った。

ほどなく衣装係が紺色のドレスを手にやってきて、手早く着付けをし、細い腰に同色の飾り帯を結ぶ。

そのまま手を引かれて鏡台の前に座ると、後ろに回り込んだ侍女のチチェリナがアントニエッタの髪を梳き始める。

「今日は、髪をおろしてちょうだい」

無言で髪を梳かすチチェリナにアントニエッタは言った。

ファルネーゼ家にいたころは、巻き毛が崩れないようにいつもおろしていたが、ここに来てからはチチェリナがアントニエッタの好みなど聞かずに編み込んできっちりと結い上げてしまう。

毎日選ぶこともできずに着せられるドレスも色味を抑えたものばかりで、気が滅入る。許されている装飾品もバルベリーニ家の紋章が入った金の指輪だけだ。

ファルネーゼ家にいるときは髪や手の手入れにうんざりしたこともあったが、さすがにもう少し明るい格好をしたかった。

だがチチェリナは鏡の中でアントニエッタを冷たく一瞥した。

「無理です、アントニエッタさま」

「どうして？」

「アントニエッタさまはエミリアーノさまの奥さまです。若い娘のように着飾る必要などありません。まるで殿方の気を引きたいようで浅ましいことです」

「私はそんなつもりはないわ」

言い返す声が高くなったが、チチェリナはアントニエッタの巻き毛を引き伸ばす勢いで髪を梳かす手を止めない。

「つもりなど人様にはわかりません。どう見えるかが大切なのです」

そう言い切ったチチェリナは、アントニエッタの髪を三つ編みにして頭にぎちぎちに巻き付けた。

「第一、髪をおろしているとエミリアーノさまの邪魔になります。髪が触れただけで肌に湿疹ができることもあり、咳がでたりもします。とても繊細な方ですので、奥さまとしてよくわきまえていただかないといけません。ファルネーゼ家で自由になさっていたときとはわけが違います」

アントニエッタが我が儘放題にしていたとでも言わんばかりの言葉に、彼女はさすがに傷つく。

だがチチェリナは更に駄目押しをしてくる。

「バルベリーニ家では結婚した女性が殿方の気を引くような、ふしだらなことは許しておりません。こう申し上げてはなんですが、ファルネーゼ家とバルベリーニ家とでは格式が違います。お気をつけください」

チチェリナが、ファルネーゼ家をバルベリーニ家より格下で、エミリアーノには相応しくないと思っていることは明らかだった。

チチェリナはもともと修道女だったらしいが、バルベリーニ家当主の肝いりでエミリアーノの世話係になったと聞く。母のデーボラと年頃は同じだが、後れ毛一つなく髪を纏めて白い襟のついた黒いドレスで身を固めた彼女は、顎の張った厳格な顔つきもあいまって母よりずっと上に見える。

生まれつき身体が弱いエミリアーノを、文字通り片時も離れずに面倒をみること十一年。エミリアーノに関することは全て取り仕切っているチチェリナは、妻となったアントニエッタの教育係も志願したに違いない。

ファルネーゼ家で側にいた小間使いとは違い、アントニエッタの命令に従ったりはせず、バルベリーニ家のしきたりや礼儀作法を楯にアントニエッタの一挙手一投足にまで口を出す。

チチェリナにとってアントニエッタは、許可なくエミリアーノと自分の間に入り込んできた異物のようなものらしく、髪に触れる指先から苛立ちと敵意が伝わってくる。

「今日はこれからお食事なの？　お天気がいいから散歩を先にするのはどう？　エミリアーノさまも食欲がでるんじゃないかしら？」

少しでも彼女の気持ちを解したくてアントニエッタは明るく尋ねた。

「毎日同じですから、いい加減覚えてくださいませんか、アントニエッタさま。嫁がれてからもう一月《ひとつき》でございます」

ひんやりとした口調でチチェリナは鏡の中のアントニエッタを見据えた。

「エミリアーノさまはお食事の時間も就寝の時間も全て、きちんと決まっています。私が侍医《じい》と相談して、エミリアーノさまの具合を最善に保つために作り上げたものです。アントニエッタさまは余計なことをなさらずに、バルベリーニ家のしきたりに従っていただければいいのです」

有無を言わせない口調にアントニエッタは口を噤《つぐ》むしかない。

「よろしいですか、アントニエッタさま。エミリアーノさまのことは侍医や私に任せていただければいいのです。お小さいころからエミリアーノさまのお世話をしていますから、私は誰よりエミリアーノさまのことがわかっているのです。はっきり申し上げておきますが、手を出されるのは迷惑です」

チチェリナに駄目押しされたアントニエッタは、悔しいのや哀しいのを通り越して、いたたまれなくなる。

バルベリーニ家に、アントニエッタの居場所はない。

ファルネーゼ家の両親もアントニエッタを必要としていなかったけれど、あの館にはクリストファーロがいた。

彼だけはアントニエッタを惜しみなく愛してくれた。

ここでは、敵か無関心かの二種類の人間しかいない。

——お兄さま。

アントニエッタはクリストファーロの顔を思い浮かべて自分を支える。

「ですから、アントニエッタさまはきちんとご自分のお役目を果たしてくださいませ」

必死に自分を保つアントニエッタを少しも気遣うことなくチチェリナはたたみかける。

「私の役目？」

「そうです。妻としてきちんとした身なりで、エミリアーノさまに笑いかけて差し上げる。夫として敬い、それを周囲の人間に知らしめる。それが一番大切なお役目です」

にこりともしないチチェリナの言葉に、確かにそうかもしれないとアントニエッタは考える。

ファルネーゼ家でも、母の役割は上から下まで完璧に装って、当主カヴァリエーレ・ファルネーゼの妻を演じることだった。

二人でいるときは目も合わせない他人のような妻と夫だが、その綻びが外に見えることはない。母はとても上手くその役割を果たしていたと思う。

たぶん、チチェリナが言っているアントニエッタの役割とはそういうことだ。

余計な口を挟まずに、エミリアーノの妻という名前の置物になれということだ。

髪を纏め終えると、チチェリナは鏡の中のアントニエッタと視線を合わせる。

「できました。エミリアーノさまのお部屋に参りましょう」

命令口調で促されたアントニエッタは、高く昇った日の差し込む柱廊《ちゅうろう》を渡ってエミリアーノの部屋に向かう。背後からチチェリナがひたひたとついてくるので、日差しを楽しむこともままならない。

エミリアーノの部屋は広大な館の一番良い場所にあり、夏は涼しく、冬は暖かい。そして何より窓からの見晴らしが素晴らしかった。

アントニエッタが部屋に近づくと、扉の外に控えていた侍従が一礼をして扉を開けた。侍従に会釈をして中に入ると、舞踏室かと思うような広い部屋の奥に設えた大きな寝台の上の小さな人影が動く。

「エミリアーノさま、アントニエッタさまがいらっしゃいました。お起きになってくださいませ」

傍らに控えた四人の侍従のうちの一人に支えられながら、エミリアーノは半身を起こして背もたれに身体を委ねた。別の侍従が水の入ったコップを差し出すのを見計らって、もう一人が背中に羽根枕を差し込み、最後の一人は膝にかかる羽根布団を直した。

この広い部屋の中でエミリアーノは、日がな一日扉の外を見張る侍従と、側づきの侍従たちにかしずかれながら、ほとんど自分では何もせずに過ごす。

チチェリナが言ったように、エミリアーノの一日の行動は全て計画的に進む。

朝はゆっくりと起き、食事をしてからまた休息。侍従に抱かれて庭を散歩してから昼食と睡眠。そして家庭教師が読む本を聞きながら勉強とも言えない勉強を終えて夕食。身体を拭いて就寝。

その間に侍医の診察と投薬がある。

エミリアーノの日常はほとんど変わることなく、同じことが繰り返されていて、妻であるアントニエッタはそれに従わなくてはならない。

健康なアントニエッタが病弱なエミリアーノと全てを同じように過ごすことには、少なからず無理がある。

そんなに長い時間を眠っていられないし、朝もお腹がすいてたまらない。この先ずっとこの生活が続くなら、自分のほうが体調を崩してしまいそうな気がする。

それでもアントニエッタは自分を励ましてエミリアーノに微笑みかけた。

「おはようございます。エミリアーノさま。ご気分はいかが？」

寝台の上に屈み込んで声をかけると、エミリアーノは鬱陶しそうに青白い顔を背《そむ》けた。

「アントニエッタさま、エミリアーノさまに不用意に近づかないでくださいませ。空気が乱れるのをお嫌いになりますので」

「……そう、ごめんなさい。エミリアーノさま」

一応謝ったものの、傷つくのはどうしようもない。

妻が夫に近づくことを不用意と言われてはどうしたらいいのか。

エミリアーノの周囲に控える者たちもチチェリナを咎《とが》めることはせず、アントニエッタをまるでいないもののように扱う。

この一か月間、エミリアーノとアントニエッタの間は少しも近づくことがない。

チチェリナがいる限り、何日経っても何年経っても同じだろう。

「支度をしてちょうだい」

アントニエッタなどまるで無視してチチェリナがエミリアーノ付きの召し使いに命じると、彼らは部屋の奥のテーブルを素早く寝台の横に設えて、遅い朝食の用意を始める。

小さく切ったオレンジや林檎、白いパンに蜂蜜。精をつけるという葡萄酒に羊のチーズ。蒸《む》した肉にトマトとバジルで味をつけたものにオリーブの塩漬け。オートミールを牛の乳と数種のハーブで柔らかく煮込んだボリッジも必ず用意されている。少量でも栄養が取れる穀物の粥は、食の細いエミリアーノになくてはならないものだ。

どれも美味しそうで、アントニエッタの健やかな食欲を刺激する。

だがエミリアーノが食べるまで、アントニエッタは手を出すことが許されない。

エミリアーノを抱きかかえるようにして座ったチチェリナがフォークを取り上げた。

「今日は何から召し上がりますか？　オレンジがつやつやしていて美味しそうですわ、エミリアーノさま」

毎日啄《ついば》むようにしか食べないエミリアーノの気持ちを引き立てようとして、チチェリナは芝居がかった声を出す。

「……要らない」

ようやく聞こえた答えは、がっかりするようなものだったが、彼女は笑みを絶やさない。

「少しでもいかがですか？　他のものが良ければすぐに用意させます」

「要らない」

苛立った声にもチチェリナはいっそう優しい仕草で食事を促す。

「では、エミリアーノさまのお好きなスフォリアッテラをご用意しましょうか」

元は修道院で作られていたという焼き菓子を提案するチチェリナに、アントニエッタは彼女がシスターだったという話を思い出した。

神に仕えていたチチェリナは、今はその愛の全てをエミリアーノに注いでいるようだ。

「要らないって！　僕は知らない人がいるのは嫌なんだよ！　チチェリナは知ってるでしょ！　どうしてこんな人と一緒に食べなくちゃいけないんだっ！」

とうとう癇癪を起こしたエミリアーノは、ボリッジの皿を床に落とした。

煮込まれた穀物が毛足の長い絨毯にべっとりと染みこむ。

知らない人というのが自分のことだとやっと気がついたものの、妻である以上アントニエッタはこの場を逃げ出すことはできない。

「興奮してはいけませんよ、エミリアーノさま。心臓に障ります」

チチェリナは優しく言うと、寝台の枕元に置いてあった嗅《か》ぎ薬の蓋《ふた》を開けてエミリアーノの鼻腔の下に持っていく。

その間に呼ばれた召し使いたちが絨毯を手早く拭う。

まるで毎日そうしているかのような手際の良さだった。

その間、アントニエッタは手を出すこともできずに見ているだけの部外者だ。

「厨房にスフォリアッテッラを作るように伝えなさい。それからカーテンを閉めて、香油を垂らした熱いお湯を用意して」

てきぱきと召し使いに言いつけたチチェリナはアントニエッタと目が合うと、わざとらしく眉根を寄せた。

「他人がいるとエミリアーノさまが落ち着きません。お部屋にお戻りくださいませ。朝食は運ばせますので、それでよろしいでしょう」

まるでアントニエッタが朝食目当てでこの場にいるような言い方が胸に刺さる。

だが、事実具合の悪いエミリアーノの前で言い返すことなどできない。

アントニエッタは傷ついた心を抱えたまま、長い廊下を一人で自室へ戻る。

誰にも相手にされず、誰にも必要とされない。

いったい自分は何のためにここに来たのだろうか。

この先ずっとこのままなのだろうか。

――この結婚が深みにはまらないうちに必ず君を迎えに行くよ。

ファルネーゼ家で兄と交わした会話がアントニエッタの脳裏に甦る。

あのときは自分の不安を宥めるための言葉と思っていたが、もしかしたらクリストファーロはこうなることを予感していたのかもしれない。

——僕も君に花嫁になってほしい。

思わず呟いてしまった自分の願いにそう答えてくれた彼の言葉は、冗談には聞こえなかった。

「私、お兄さまの花嫁になりたいわ」

押し寄せる孤独に潰されまいとしてアントニエッタは呟く。

もちろん妹の自分がクリストファーロの花嫁になれるわけはないけれど、それでも自分を愛してくれるのは兄だけだ。彼だけが〝ブラヴァ〟ではないアントニエッタをわかってくれる。

同じように愛し返すことが罪になるなら、それでもかまわないとさえ今は思う。

家同士の都合で、結婚の意味も知らない子どもの花嫁になるのだって、同じくらい歪んでいる。

そこに愛がないだけにいっそうおぞましいとさえ思う。

クリストファーロへの漠然とした思いは、離れた今こそ一人の男性への愛だとわかる。

「お兄さま……会いたい……」

兄への思いは募るけれど、ここに嫁いできた役目を忘れてはならない。自分が愚かなことをすればファルネーゼ家に迷惑がかかる。

モンベラーノ公国でも一、二を争うバルベリーニ家の権勢を、アントニエッタは日々肌で強く感じている。万が一にも侮れば、ファルネーゼ家に厄災が降りかかることは明白だ。

「……くじけては駄目、アントニエッタ。あなたがここに嫁いできた役目を考えるのよ」

両手を握り合わせてアントニエッタは自分を叱咤する。

「お兄さま……私を忘れないでいてくださるわよね……そう思えばまだ頑張れるわ」

味方の一人もいないアントニエッタは、光の差す廊下にぽつんと佇んだままクリストファーロに呼びかけていた。

＊　＊　＊　＊

一年経ってもバルベリーニ家におけるアントニエッタの地位は何も変わっていなかった。

辛うじてエミリアーノが、アントニエッタがいることに慣れて発作を起こすことはなくなったが、それだけのことだ。

毎日修道女のような格好をしてエミリアーノと食事をして、侍従に抱かれて散歩をする彼のあとをついて歩く。

ただしその間には必ずチチェリナがいて、アントニエッタがエミリアーノと会話をすることはなかった。

ファルネーゼ家からバルベリーニ家までは馬を飛ばせば半日もかからず、クリストファーロは何度か訪ねてきてくれたと聞いた。だが、「結婚した女性は身内といえども殿方にみだりに会うものではありません」と言ってチチェリナが会うことを許さなかった。

ならばと手紙を書いても、「いつまでもファルネーゼ家のことを忘れないようでは困りますから」とチチェリナは冷たい目をして取り次いではくれなかった。

夫のエミリアーノは未だにアントニエッタを受け入れようとはせず、チチェリナが目を光らせている限り誰も力になってはくれない。

手紙すら思うようにやりとりできず、アントニエッタは兄がどうしているのかを想像するだけだ。

だが、チチェリナ以外のバルベリーニ家の人間は、アントニエッタのことなど存在すら忘れているようで、その気になれば客人たちの会話を聞くことは案外簡単だった。

当主の客が庭を散策するのを見計らいアントニエッタは秘かに庭に出て、その会話に耳を澄ませる。

いけないことだとはわかっていたが、クリストファーロがどうしているか、それを知りたい一心だった。

『ファルネーゼ家は安泰でしょうな。この間、君主をお招きしてスフォルツァ家が主催した狐狩《きつねが》りでのクリストファーロ殿の活躍振りは大変なものだった……』

澄ました耳に聞こえてきた兄の名にアントニエッタの鼓動が速くなる。

『そう思います。手綱捌《さば》きも鮮やかに狐を追い詰めて見せましたからね……さほど激しく動いていたわけでもないのに、狐の動きを的確に読んでいたのでしょうか？』

青年らしい声の答えに口火を切った男が頷く気配がする。

『クリストファーロ殿は冷静で頭が切れる。父上のカヴァリエーレ伯爵よりも、もしかしたら上かもしれん』

口火を切った男は年配らしく、しゃがれた声に落ち着きがあった。

『私もそう思います』

おざなりではなく同調する声がした。

『完璧に追い詰めた狐を手負いにして、最後のとどめは君主にさりげなく譲る……文句のつけようのない振る舞いでした』

『本当にな……あのとき、お父上のカヴァリエーレ伯爵は自分の狐を自分で仕留めただろう？　己の力を誇示して周囲に賞賛を求めた。君主はまだ獲物を捕らえていなかったのにな』

『そうでしたね。ですが君主も伯爵殿の腕前を褒めていらっしゃいました』

　掠れた声が含み笑いをする。

『君主は見た目ほど器の大きい方ではないから、内心はおもしろくなかったはずだ。実際狩り場の雰囲気が少し変わった。カヴァリエーレ殿は腕を認めてもらわなければならない駆け出しではないから、あそこは譲るべきだった。だが傾きかけた君主の機嫌を、クリストファーロ殿が上手いこと手柄を譲ることで立て直し、あの場の空気を一変させた。君主の覚えもお父上よりもずっとめでたくなっただろう――あれはなかなか怖い息子だ』

『怖い？』

　不思議そうな問いかけに、含み笑いが答える。

『そうだ。頭が切れて感情に動かされない。ああいう人間を敵に回すと、たとえ親でも足を掬われかねない。カヴァリエーレ殿も少し気をつけた方がいい』

『息子に気をつけるのですか？』

『クリストファーロ殿のお父上を見る目は……そうだな、時に他人を値踏みするかのように厳しい気がした。まあ、私の思い過ごしかもしれんが、ともあれ、あれだけの跡継ぎがいるということは、どう転んでもファルネーゼ家は安泰ということは間違いない』

　そのあとは違う話に流れていき、アントニエッタはまた密やかに部屋に戻った。

　短い会話だったけれど、クリストファーロが元気なことはわかった。今のアントニエッタにはそれだけで充分だ。

「お兄さま……お兄さま……」

つい数日前に盗み聞きした会話を思い出しながら胸に手を当ててそう呟くだけで、ほんの少し勇気が出てくる。

「どこにいても私を忘れないでいて……お兄さま」

そう呟いたとき部屋の扉がいきなり開き、アントニエッタは驚いて振り返った。

「ノックはしてちょうだい。チチェリナ。ここは私の部屋よ」

さすがにきつく咎めたがチチェリナはまったく動じない。

「バルベリーニ家に仕える人間でノックをしない者はおりません。アントニエッタさまが考え事をなさっていたのではありませんか」

「……何か用かしら？」

チチェリナを言い込めることなどできないのは身に染みている。アントニエッタは自分から話を変えた。

「もうすぐエミリアーノさまが十二歳になられます」

「ええ……それが何か？」

エミリアーノのことは一から十まで全てチチェリナが取り仕切っているのに、自分に何の関係があるのだろうか。いくら近づこうとしてもチチェリナがすぐに間に入ってくることに疲れ、アントニエッタはエミリアーノとの関係を築くことを諦めるしかなかった。

エミリアーノ自身も生まれたときから側にいるチチェリナに頼り切り、彼女を通じてしか他人と話をしない。チチェリナが認めていないアントニエッタは、エミリアーノも認めない。

だから誕生祝いがあるにしても、アントニエッタは普段どおり身なりを整えて側にいればいいだけだ。

それとも誕生祝いには華やかなドレスを着てもいいのだろうかと、少し皮肉な気持ちになりながら聞き返したアントニエッタに、チチェリナはいつも以上に冷たい視線を向ける。

「アントニエッタさまには、そろそろ跡継ぎを産んでいただかないといけません」

跡継ぎ？

声もでないほど驚いてアントニエッタはチチェリナを見返す。

十二歳の病弱な、名前だけの夫の跡継ぎをどうやって望むというのか。視線に疑問と理不尽な要求への怒りを込めた。

「ご心配は要りません」

チチェリナはアントニエッタの怒りを視線で跳ね返す。

「侍医と私がお手伝いをして、いいようにとりはからいますので、アントニエッタさまは私どもの言うとおりにしていただければ結構です」

結婚したとはいえ、アントニエッタは男女の肉体の交わりのことは何も知らない。

けれどチチェリナの提案が屈辱的なものだということはわかる。

「どういうことなの？」

閨《ねや》のことを「手伝う」とか「とりはからう」などというのはあり得ない。アントニエッタは声を荒らげる。

「口で説明するのは難しいですわ。アントニエッタさまもよくおわかりでしょうが、エミリアーノさまは普通のお身体ではないのです。侍医と私がお手伝いをしませんと、お子を授かることはできません」

あまりにあからさまな言い方に頭にかっと血がのぼる。

エミリアーノが健康体ではないにしても、閨のことは夫婦のことだ。アントニエッタとエミリアーノの心が通じ合うことが肝心だ。

「そんな失礼なこと、チチェリナの言うことでも、エミリアーノさまはお許しになるわけがないわ」

いくらエミリアーノだって自分の考えくらいあるだろう。チチェリナの思いどおりにばかりなるはずはない。

「エミリアーノさまは私の言うことはなんでも聞き届けてくださいます。私がエミリアーノさまにとって悪いことを申し上げるはずはないのを、何よりご存じですから」

「チチェリナ……あなた、おかしいわ……」

言葉を抑えることができないほど、アントニエッタは動揺し、同時にチチェリナの異様な思い込みに震えが走る。

まだアントニエッタが子どものころ、自分を看病してくれたクリストファーロは、アントニエッタの身体を清めるとき小間使いさえ部屋の外に出してくれた。

女性の肌は心を許した人にだけ見せ、触れさせるもの。それだけが幸せを味わえる方法なのを、アントニエッタはあのときに知った。

愛するどころか打ち解け合うことさえできない相手を夫と思えるはずがない。跡継ぎを産むのが義務だとしても、アントニエッタは道具でも畜生でもない。夫婦の睦言《むつごと》を他人に晒すなど、おぞましいだけだ。

なのにチチェリナは、アントニエッタの気持ちなどまるで考えていない。もしかしたら彼女に感情があるとも思っていないのかもしれない。

「チチェリナ、あなたの言うことはおかしいわ。絶対にお断りよ」

感情を必死に抑えるあまりに声が震えたが、アントニエッタはチチェリナから目を離さないで自らの意志を伝える。

「あなたがエミリアーノさまのお世話係であっても、今のことはエミリアーノさまと私の問題よ。あなたが口を出すことではないわ」

「いいえ。アントニエッタさま。跡継ぎのことはバルベリーニ家の問題です。アントニエッタさまはそのためにこのバルベリーニ家に来られたのです。あなたさまがいいとか悪いとか言えるものではなく、最初から決められていた義務です。そこのところを考え違いなさらないようにしてくださいませ」

押さえつけるようにそう言ったチチェリナは、アントニエッタの返事など待たずに一礼をして部屋を出て行った。

あとに残されたアントニエッタは、自分を支えているのがやっとだった。

——どうして？

——自分はこんな目に遭《あ》うためにここにいるの？

——私が何をしたというの？

——生まれたときからブラヴァになれなかった償いをこんなところでしなくてはならないの？

誰か、見てくれだけ美しく歪んだこの場所から私を救い出して——。アントニエッタの脳裏にクリストファーロの面影が浮かぶ。

「お兄さま……助けて」

——きっと助けるから——二年だけ待ってほしい。

あの言葉を忘れていないし、あのときのクリストファーロの目には何かを考えているような決然とした色があった。

「この館で一人きりの二年はとても長いわ……どうやってあと一年を過ごせばいいの？」

恐怖と絶望が渦を巻いてアントニエッタを翻弄する。

行き先の見えない不安に押し潰されたアントニエッタはとうとう床に膝をついて、涙が溢れ出す顔を覆った。

5. 闇に隠す罪

エミリアーノの十二歳の誕生日は盛大に祝われた。

バルベリーニ家の慣わしでは十二歳は成人になったということらしく、館中がその祝いにかかり切りになった。

それでもアントニエッタは何かを教えられることも手伝わせてもらえることもなく、その喧噪《けんそう》から取り残されたままたった一人で当日を迎えた。

侍女たちによってたかって着せられた白いドレスは、アントニエッタに花嫁衣装を思い出させた。

「どんなにこの日を待ちわびたことか。ずっとエミリアーノさまのお世話をして参りましたが、今日が一番幸せです」

厳しい顔を綻ばせるチチェリナに反してアントニエッタの気持ちは凍えていく。

普段は許されない華やかな装いは、バルベリーニ家に捧げられる生贄《いけにえ》に相応しい。

赤いベルベットの上着で正装をして、寝椅子に凭《もた》れたエミリアーノの隣に座ったアントニエッタは、目の前の儀式を他人事として眺めた。

隆盛を極めるバルベリーニ家は、枢機卿の地位を手に入れるという噂さえある。その、大切な息子の誕生日のために引きも切らずに祝い客が来る。

ファルネーゼ家からも父がやってきて祝いを述べた。

――息子のクリストファーロは所用が長引いているようで、一緒に来られず申し訳ない。この祝いの日に間に合うように駆けつけさせているのですが。

にこやかに言ったカヴァリエーレの言葉にアントニエッタは、クリストファーロに会えないことだけはわかった。

だが父は、人形のように着飾って据え置かれているアントニエッタには何の関心も示さず、視線すら合わせなかった。

せめてクリストファーロがいてくれたらどんなに心強いだろうとアントニエッタは思わずにはいられない。

兄ならば自分の今の苦しみをわかってくれるはずだ。

――アントニエッタさまにはそろそろ跡継ぎを産んでいただかないといけません。

――侍医と私がお手伝いをして、いいようにとりはからいます……言うとおりにしていただければ結構です。

いったい何をさせられるのだろう。

妻とは名ばかりのアントニエッタは、怖ろしくてたまらないが、チチェリナはいつもと変わらず表情の薄いエミリアーノの世話に余念がなく、アントニエッタの心中など慮りはしない。

夕闇の迫るころになっても祝いの人波は続くが、チチェリナはエミリアーノの傍らにいた侍医に耳打ちをし、アントニエッタに向き直る。

「エミリアーノさまがそろそろ退席なさいますから、アントニエッタさまもご自分のお部屋にどうぞ。あとでエミリアーノさまの部屋にお越しください。侍女を呼びにやらせます」

明らかな命令口調に、アントニエッタは怒りよりも恐怖を覚える。

だが、自室に戻ったアントニエッタがなんとか逃れられそうな方法を考えているうちに、エミリアーノの部屋に呼び出された。

長い廊下を歩く足が震えるが逃れようもない。

侍女はエミリアーノの部屋にアントニエッタを送り届けると、静かに姿を消す。

たった一人で部屋に入ったアントニエッタは、薄暗い灯りに瞬きを繰り返した。

「アントニエッタさま、こちらです」

目が慣れると、奥の寝台に凭れたエミリアーノと、その枕元にチチェリナがいるのがわかった。エミリアーノはすでに絹の寝衣に着替えていた。

「……チチェリナ……」

厳しい視線に吸い込まれるようにアントニエッタは彼女のほうへ進む。

だが近づいていくと、奥の暗がりに白髪の侍医が控えているのに気がついて足が止まる。

「お医者さままで……どういうことなの、チチェリナ」

「私と侍医が立ち会うのは申し上げてあったと思います。何度も同じことを説明させないでくださいませ、アントニエッタさま」

「私は断ったわ」

震える足を励ましてアントニエッタは精一杯に背筋を伸ばした。

「アントニエッタさまに断る権利などありません。アントニエッタさまはエミリアーノさまの妻、バルベリーニ家の嫁です。私どものやり方に従っていただきます」

そう言うとチチェリナは自分からアントニエッタのほうへ踏み出して、遠慮なくその手を摑んだ。

「チチェリナ、放しなさい」

必死に威厳を保とうとするアントニエッタを無表情で見据えたチチェリナは、命令など聞こえない顔でアントニエッタを寝台の隣に立たせた。

「服をお脱ぎください、アントニエッタさま」

「え？」

他人に言われるはずのない言葉に度肝を抜かれたアントニエッタは、驚くことしかできない。

だが軽く眉をひそめたチチェリナはアントニエッタの前に膝をつくと、飾り帯を解き始めた。

「チチェリナ、やめて」

捩った身体を背後から侍医に押さえられた。

黒い上着がはちきれんばかりに突き出した腹の脂肪が腰骨に当たって鳥肌が立った。

「やめてください、先生」

さすがにエミリアーノの侍医相手に乱暴に振る舞うことはできずに、アントニエッタは言葉だけで抗った。

「アントニエッタ殿、聞き分けのないことをおっしゃってはなりませんぞ」

そう言ってアントニエッタを軽く羽交い締めにした侍医は彼女の首筋に腥《なまぐさ》い息を吹きかけた。

「そうです、アントニエッタさま。ファルネーゼ家のお父さまもお祝いに駆けつけたというのに、子どもじみた振る舞いはみっともないですよ」

小馬鹿にした調子で言ったチチェリナはアントニエッタのドレスのリボンを解いた。

「……チチェリナ……やめなさい……やめて……」

震える命令は懇願になったが、チチェリナはまったく聞こえていないようにドレスを脱がせ、コルセットの紐《ひも》を解く。

「……何をするの……どういうことなの……」

背後の侍医の呼吸が微かに荒くなり、アントニエッタの肌を粟立たせる。

「お任せください、アントニエッタ殿。ちゃんとお子が授かるようにして差し上げますぞ」

耳朶を噛むようにして侍医が囁く。

「……や……いや……」

他人の手で、他者が見ている前で肌を晒される羞恥と絶望に身体が動かない。

侍医の奇妙な興奮もたまらなく不快だが、硝子玉のような目でこちらを見ているエミリアーノもおぞましい。

その間もチチェリナは手を止めずにコルセットを外した。

「先生、これでよろしいですか？　それとも全部脱がせたほうがいいでしょうか」

まるで品物の良し悪しを聞くようにチチェリナは侍医に言った。

「それは私がやりましょう。そのまま寝椅子に座ってもらいましょうか」

恐怖と恥ずかしさで身動きも取れないアントニエッタをチチェリナは引きずるようにして、寝台の足もとにある寝椅子に座らせた。

下着姿になったアントニエッタを、寝台のヘッドレストに凭れたままでエミリアーノが無関心に眺めている。

「何……するの……？」

白いキャミソールとドロワーズという下着姿のアントニエッタに、侍医が硝子の小瓶を手に近づいてきた。

「ご心配なく、アントニエッタ殿。私が全て良いようにとりはからいましょう」

そう言った侍医は小瓶の蓋を外してアントニエッタの口元に当てた。

「お飲みください。バルベリーニ家に伝わる秘薬です」

「秘薬……？」

不安な気持ちだけしかなく、唇を結んで侍医を見あげたが、後ろから回されたチチェリナの手が顎をぐいっと持ち上げて、唇を開かせた。

「先生のお手をわずらわせないでくださいませ、アントニエッタさま。あなたさまがぐずぐずなさるとエミリアーノさまがお疲れになって、手順どおりにできなくなります」

「――手順……っ……う……何」

喉に注ぎ込まれた液体に咽《む》せながら、アントニエッタは上から覗き込むチチェリナに尋

ねた。だがチチェリナは答えをくれずに、アントニエッタが液体を飲み込んだのを確認すると、侍医のほうを向いた。

「エミリアーノさまにも飲んでいただきますか？」

「いや、アントニエッタ殿の身体を私が解し、準備が整ってから飲ませてください。服薬すると動悸が激しくなるので手早く済ませなければなりません。なんと言ってもバルベリーニ家の淫薬はモンベラーノ一の効き目ですからな。一度飲めば、ことを終えない限り身体の熱が治まることはありません」

聞いていて不安になるような淫らな響きが声の底にある。

意味はわからなくても自分の身に何かよくないことが迫っていることだけは感じ取った。アントニエッタは寝椅子から立ちあがろうとしたが、チチェリナが信じられないほどの力で両肩を押さえ込んだ。

「放しなさい、チチェリナ！」

精一杯の命令は聞き届けられることはなく、近づいてきた侍医がアントニエッタの胸元を合わせているキャミソールの紐に手をかけた。

「やめてください！」

振り払おうとした手を、後ろに回っていたチチェリナが爪を立てる勢いで摑んだ。

「静かになさってください、アントニエッタさま。エミリアーノさまの妻としての役目を果たしていただかないとなりませんので」

「まあ、まあ、チチェリナ。そう言うでない。アントニエッタ殿は生娘ゆえ、慣れておられないのだ」

何故か淫らな調子でチチェリナを諌めた侍医は、キャミソールをそろそろと左右に割ってアントニエッタの白い乳房を露わにした。

「やめて――」

「ですからお静かにと、申し上げているではありませんか！」

チチェリナに腕を掴まれながら抗ったが、今度は侍医が思いもかけないほど強い力でアントニエッタを背もたれに押しつけてきた。

「こうやって動くと薬の効きが早くなって好都合だ」

侍医の言葉にアントニエッタの手を掴むチチェリナの力が弛《ゆる》んだ。

「薬って……何――あ……」

侍医の手から逃れようと身体を反らしたとき、下腹部にずきんとした熱を感じてアントニエッタは呻いた。

「そろそろ効いてきたか……どれ」

侍医が粘《ねば》つくような手つきでアントニエッタの両の乳房を覆った。

「やめて！」

叫んだ瞬間にまた腹の奥が熱くなり、鼓動が速まる。

「……何……これ……」

呻くアントニエッタの様子にほくそ笑んだ侍医が乳房をぎゅっと握った。

「や――っぁ……」

全身に鳥肌が立つほどおぞましいのに、摑まれた乳房から奇妙な刺激が下腹の奥に伝わり、拒絶の語尾が滲んだ。

「この桜色の乳首が硬くなってきたら、下も濡れてくる。優しく弄《いじ》ってやればちゃんと受け入れられるようになる」

粘つく声で含み笑いをした侍医が、柔らかい乳房の先を指先で摘んだ。

「あ――や……」

小さな突起を指の腹で挟まれただけで甘い痺れがつま先に伝わる。

背後でアントニエッタを押さえるチチェリナの力が更に弛んでも、アントニエッタは気がつかなかった。

指の腹に擦られた乳首がいっそう硬くなり、アントニエッタの腹に熱を伝える。

「いや……やめて……ぁ……」

不思議な甘ったるい刺激にアントニエッタは呻いた。

味わったことのない感覚に身体の奥が熱くなり、脚の間がじんわりと湿り気を帯びるのを感じる。

「乳房が張ってきたな……頃合いかの……」

確かめるように顔を近づけてきた侍医の粘つく息が乳房に吹きかかり、アントニエッタの身体に虫酸が走った。

だがその嫌悪さえ刺激になり、身体の奥から何かが零れ出す。

下着が濡れた気がしてアントニエッタは足をきつく閉じた。

「おお……いい感じだのう」

アントニエッタの反応の意味を察した侍医が淫猥《いんわい》な笑みを零す。

「先生、もう、エミリアーノさまにもお薬を飲ませてよろしいですか?」

尋ねるチチェリナの声は侍医の熱の籠もった口調とは反対に、冷静そのものだった。

この行為にどんな意味があるにせよ、チチェリナにとってはどうしても成功させなければならない儀式であることは間違いない。

そのためにはアントニエッタがどうなろうとかまわないのだ。

自分は本当にただの置物――いや、飾られているだけならまだいい。壊れてもかまわない道具なのだ。

侍医の手が肌をさするたびに四肢に広がる甘い感覚をアントニエッタは必死にこらえた。

「やめて……」

首を横に振ることさえだんだんできなくなってくるのは、さっき飲まされた薬のせいに違いない。

あの薬はいったい何だったのだろう。媚薬というものがあることなど知らないアントニエッタでも、先ほどの液体が味わったことのないこの熱を呼んでいるのはわかった。

身体中が燃えるように熱くて気怠い。

乳首を弄られると走る、身体を突き抜ける快感に逆らえないばかりか、もっと違う場所にも触れてほしくなる。

「あ……やめて……くださ……ぁ」

どんどん濡れてずきずきとする脚の間の疼きをなんとかしようと、アントニエッタは内腿を擦り合わせた。

「どれ、そろそろ中も解そうか。心配は要りませんぞ、アントニエッタ殿。女人にとってはとても心地のいいものですからな」

ふっふと湿ったしのび笑いを洩らした侍医はドロワーズの紐に指をかけた。

「何をするの！　やめて！」

絶叫するアントニエッタを背後のチチェリナは無造作に押さえ込む。

「本当に手間のかかる方です、アントニエッタさま。エミリアーノさまを怖がらせないでくださいませ」

寝台の上のエミリアーノは、いたぶられるアントニエッタをいつもと変わらない目で眺めているだけだ。

天井に描かれている絵よりも、アントニエッタの苦悩はエミリアーノの感情を揺さぶらないらしい。

誰も助けてはくれない。

その間も侍医は下着の紐をほどき、縁取ったレースをこじ開けるようにして手を差し入れた。

身体も心も暗い沼に落ちていく絶望と怒りが交じり合い、ひととき凄まじい力に変わる。

「やめて！」

侍医が仰け反り、チチェリナも驚いて後ずさりするような獣じみた凄まじい声だった。

一瞬全ての拘束が解かれたアントニエッタは寝椅子から立ちあがって、よろよろと扉へと向かう。

だが、薬と侍医の淫らな手に熱を掻き立てられた身体では思うようには走れない。

「アントニエッタ殿」

「アントニエッタさま！」

背後からの声に怯えたアントニエッタは、手近にあったブロンズの像を摑んで振り回す。

「――アントニエッタ殿――くっ」

がつんと音がしてブロンズ像に手応えを感じると同時に呻き声をあげた侍医が屈み込む。

だがチチェリナはそれでも怯《ひる》むことなく、アントニエッタに手を伸ばしてきた。

「アントニエッタさま！」

「よらないで！」

アントニエッタは手にしていたブロンズ像をチチェリナに向かって投げつけた。

だがブロンズ像はチチェリナをすり抜けてエミリアーノが座る寝台の上に落ちた。

「エミリアーノさま！」

チチェリナが叫びながら振り返り、走り寄る。

アントニエッタの視界に、エミリアーノが胸を押さえて身体を折るのが見えた。

「エミリアーノさま！　先生、先生、発作が……」

チチェリナが侍医を呼びながらエミリアーノを抱え起こす隙に、アントニエッタは扉に走り寄って開け放つとすぐさま部屋を飛び出した。

二人がエミリアーノにかかり切りになっている間に、逃げなくてはならない。

アントニエッタの頭の中にはそれしかなく、自分が今どんな格好をしているかも忘れていた。

今夜の儀式のために人払いがしてあったのだろう。祝いにこと寄せて集まった客たちはまだ酒盛りの最中か、既に酔い潰れているのかもしれない。いずれにせよ、エミリアーノの部屋の周囲には誰もいず、廊下も静まり返っている。

だが人目につくことを怖れたアントニエッタは中庭に出て、裸足のまま厩《うまや》へと向かった。

この館から少しでも遠くへ逃れるには馬を使うのが一番だ。

身体はじくじくと疼くが、それよりも逃げたいという思いが切実だった。

小さいころクリストファーロに乗馬を習った。バルベリーニ家に来てからは乗ることもなかったが、乗り方を忘れたわけではない。

馬なら足で逃げるよりも確実だと、アントニエッタはまっすぐに厩へと足を運んだ。

いつもなら馬丁もいないのだが、今夜はエミリアーノの誕生祝いで客が多かったせいだろう。疲れた顔で馬丁が馬の鞍を外そうとしていた。

「待って！」

いきなりの声に固まった馬丁が、アントニエッタの格好に口をぽかんと開けて立ち尽くす。

だがアントニエッタはこれ幸いと、鞍が外れていない馬の手綱を取った。

「乗せてちょうだい！」

「あ、あ、アントニエッタさま――あの……」

やっと言葉を出した馬丁にアントニエッタは、結婚の証であるバルベリーニ家の紋章が彫られた金の指輪を指から引き抜いて渡す。

「これをあげるわ、だから馬に乗せてちょうだい」

「あ……」

指輪よりもアントニエッタの切羽詰まった様子に気圧されたのだろう。

震える手で彼女を馬に乗せると、手綱を握らせた。

「ありがとう――」

自分のことは言うなと口止めしたところで、バルベリーニ家の使用人にどこまで通じるのかわからない。

どんなことをしてもチチェリナは自分を探し出すだろう。

下手な口止めをして、この馬丁が責任を負うのは気の毒だ。

このまま行こう。

腹を決めたアントニエッタに馬丁が、杭にひっかけてあったフード付きの黒い外套を差し出す。

「これ……汚いけど……良かったら……」

若い馬丁の顔には同情と哀れみが浮かんでいる。

もしかしたら自分は頭がおかしいと思われたのかもしれないが、それでもバルベリーニ家に来て以来初めての気遣いが嬉しかった。

「ありがとう」

アントニエッタはもう一度礼を言い、下着姿を外套で覆いフードで顔を隠すと、馬に鞭を入れた。

馬を走らせるのも久しぶりな上に、夜の道を走るのは初めてだ。

しかも妙な薬を飲まされた身体は熱で冒《おか》され、腰骨から背筋に抑えきれない震えが這い上がってくる。

「……しっかりして……お願い」

他人のような自分の身体を叱咤するが、間断なく襲いくる震えと目眩でともすれば馬から落ちそうになる。

アントニエッタはほとんど馬の首に縋り付いてひたすらファルネーゼの館を目指す。その途中、彼女の馬が擦れ違った馬に驚き、いななにいて前足をあげかけた。

いきなりのことに振り落とされそうになったアントニエッタが手綱を握るより先に、素早く伸びてきた手が手綱を引いて、馬を宥めた。

「アントニエッタ！」

助けてくれた人がアントニエッタの名前を呼ぶ。

「……お兄さま……？」

月の明かりに浮かび上がった顔は、ずっと会いたいと願っていたクリストファーロその人だった。

「どうしてこんなところにいるんだ！　今日はエミリアーノの祝いの日じゃなかったのか？」

今からバルベリーニ家に向かうところだった、と言いながら自分の馬からおりたクリストファーロは、馬にしがみついているアントニエッタに手を伸ばした。

「摑まって。こっちへおいで」

夢中でクリストファーロの手にしがみつくと、馬から抱き下ろされた。

「お兄さま——助けて」

兄の手に触れた瞬間にこらえていた恐怖が全身から噴き出す。

「アントニエッタ……どうした……何があったんだ？」

汚れた外套の上からしっかりと抱きしめられてアントニエッタはクリストファーロの胸に縋り付いた。

「助けて、助けて、お兄さま」

それだけを繰り返すことしかできないアントニエッタの震える身体をクリストファーロは両腕で強く抱え込んだ。

「熱があるのか？　……身体が熱い」

「追いかけてくるわ、——早く、どこかへ連れて行って」

「わかった。アントニエッタ、一度ファルネーゼの館へ戻ろう」

アントニエッタの混乱に寄り添うように言ったクリストファーロは、彼女を自分の馬に乗せ、バルベリーニの館から乗ってきた馬に軽く鞭を入れた。

バルベリーニ家の方向へ走り去る馬を見送ったクリストファーロは、自らの馬の鼻先を返してから手綱を引いた。

ファルネーゼの館はすでに寝静まっているようだったが、クリストファーロは裏門から馬を入れる。

「父上はまだ戻っていないから、心配しなくていい」

アントニエッタが何も聞かないうちに先回りをして教えてくれた。

だが馬に揺られ、いっそう回った薬のせいなのか、心臓が激しく打ち、身体中がじんじんと痺れて立っているのもやっとだ。

「お兄さま……身体が熱いの……いや……」

自分でもどうしようもない身体の状態を訴えるアントニエッタを、クリストファーロは自分の外套で包み込む。

「風邪でもひいたか……早く中に入ろう」

アントニエッタを抱えるようにして部屋へと向かった。

使用人は寝静まっているし、もし見られたとしてもファルネーゼ家の男が夜中にやることは見て見ぬ振りをするのがこの館の掟だ。

外套に顔を隠されたアントニエッタは誰に咎められることもなく、クリストファーロの部屋に入った。

「大丈夫か？　アントニエッタ」

寝台に座らせた彼女の下着姿に驚いた顔をしたものの、何かを尋ねることはせずにクリストファーロは絹のガウンを着せかけようとした。

だがアントニエッタはその手をかいくぐってクリストファーロにしがみついた。

「お兄さま……心臓がどきどきして、上手に息ができないの……助けて」

味わったことのないこの熱を兄だけがなんとかしてくれると、アントニエッタは本能的に感じていた。

「アントニエッタ……いったい、どうしたんだ？　病気じゃないのか？」

縋り付く身体を抱えて、クリストファーロが訝しい声を出した。

「……薬……を……飲まされて……」

「薬？」

声をあげたクリストファーロは、アントニエッタの顔を自らの両手であげさせて熱に潤んだ目を覗き込む。

「……まさか……媚薬……か？　モンベラーノ一の効き目だと言われるバルベリーニ家の秘薬を飲んだのか？」

「媚薬……って何？」

もつれる舌でアントニエッタはただ兄の言葉を繰り返す。

「何故そんなものを飲む必要があった？」

きつく眉を寄せるクリストファーロの顔が揺れて見えるが、アントニエッタは切れ切れに答える。

「……エミリアーノさまの……子ども……侍医と……チチェリナが……薬を……」

アントニエッタはクリストファーロの身体に凭れて熱い息を吐く。

「……私の身体を……受け入れるために……って……」

乳房に触れ、下着の中まで入ってきた侍医の手を思い出して、アントニエッタは激しく気持ちを乱した。

「いや……あんなこといや……絶対に嫌……」

「アントニエッタ、わかった。わかった。聞いて悪かった」

クリストファーロが強く彼女を抱きしめて、耳元で何度も言う。

「悪かった、アントニエッタ。もっと早く迎えに行ってやれば良かった」

その声には激しい後悔が滲んでいた。

「そうよ……お兄さまのせいよ……」

ずっと抑えていたつらさが兄の言葉で甘えに変わる。

「お兄さまがいけないのよ。私をずっと一人にして……ずっと待っていたのに」

言葉と一緒に涙が零れると、クリストファーロが指先でその涙を拭う。

「お兄さま……に会いたくて……身体が熱かったの……」

アントニエッタは熱い身体をクリストファーロに押しつけて、熱に浮かされた身体と頭を持て余しながら呻く。

「なんとかして……お兄さま……苦しい……お兄さまのせいよ……助けて」

涙を拭った指でクリストファーロは彼女の唇をなぞった。

「お兄さま……」

指の刺激だけでぞくっとしてアントニエッタは誘うように唇を開いた。

「アントニエッタ……ずっと会いたかったのは同じだ」

そう言った唇が重なり、アントニエッタはクリストファーロの首に腕を回した。

舌が唇を割って入ってくると、自分から舌を搦める。

こんなキスは初めてだったけれど、身体の芯から突き上げる熱がアントニエッタにそうさせた。

「……っん……」

舌先でクリストファーロの熱を味わう。柔らかい粘膜をさぐられると、下腹に熱湯を注ぎ込まれるような感覚が広がる。

「お兄さま……もっと……」

ねだる唇の間から飲み込みきれなかった唾液が喉を伝った。

「アントニエッタ、なんて可哀想で、かわいらしいんだろう……君は」

喉に伝わる銀色の玉を指先でなぞってクリストファーロが囁く。

「バルベリーニ家の秘薬の効き目をなくす方法はたった一つだ」

指先をすーっと下に滑らせて乳房の間を抜け、下着の紐にかける。

さっき侍医に手を入れられそうになったときとは別の震えが走って脚の間が生暖かいもので濡れた。

「お兄さまならいいの。アントニエッタはお兄さまならいいわ……」

「……そうか」

クリストファーロの声が掠れて濡れる。

指先がするりと下着の紐を解いた。

「何も気にしなくていいんだ……君が気にすることは、本当に何もない」

何故か秘密を打ち明けるようにクリストファーロの声が密やかになる。

「……僕と君は何をしても罪にはならない」

「……お兄さま……ええ……そうね」

クリストファーロはきっと、兄と妹であることを忘れろと言っているのだろう。

アントニエッタは揺れる視界の中でうっとりと微笑んだ。

「……罪でもいいの……私……お兄さまにしてほしい……」

震える息を吐いたクリストファーロはそれ以上何も言わずに、アントニエッタの熱い身体に触れ始めた。

すでにはだけていたキャミソールを肩から落とし、乳房に触れる。

「ん——っ……」

クリストファーロの手のひらを感じただけで、ため息が洩れる。

微かに唇で笑みを作ったクリストファーロが細い両手首を優しく捉えて、アントニエッタをそのまま寝台に横たえた。

「お兄さま……」

初めてのことに本能的に身体を捩ったアントニエッタを自分の身体で押さえたクリストファーロは彼女の両手首をそっと寝台に縫い止める。

「怖がるな、アントニエッタ……僕を信じて任せてくれ」

「怖くなんてないわ……お兄さまだもの……」

身体から力を抜いて瞼を閉じると、濡れた唇が首筋から鎖骨の窪みへおりていく。

薄い肌を滑る熱い唇と舌が華奢な骨を咥えて、ねっとりと舐めた。

「ん――」

バルベリーニ家の侍医に触れられたときに生じた嫌悪とはまるで違うぞくっとした感じが這い上がり、自然と声が洩れた。

彼女の反応に笑ったような震える息が聞こえて、いっそうアントニエッタの身体の熱が上がった。

自分の身体が感じた熱がひどく淫らなのが恥ずかしく、なんとか今の感覚を押しやろうとする。

だがその熱が引く前に、薔薇色の乳首に唇が触れた。

「あ……や――」

強烈な羞恥の裏に気がついてはならないような甘い刺激を感じて、小さな乳首がきゅっと硬くなる。

その尖りをクリストファーロの唇が啄むように咥えた。

「あ……っ」

先ほど感じた甘い刺激が強くなり、下腹部が急に熱くなる。

「駄目……いや……私……どうして……ぁ」

つい少し前まで疎ましかった身体の熱が快感に変わっていくことが怖い。

「あ……ぁ……いや……こんなこと、恥ずかしい……お兄さま……ぁ」

咥えられた乳首から伝わる淫らに湿った疼きで声が掠れてしまう。

薬で掻き立てられた熱をなんとかしてほしいと言ったけれど、こんなふうに恥ずかしい思いをしなくては治まらないのだろうか。

もっと感じたいと思う気持ちと激しい羞恥で、アントニエッタはいっそう乱れる。

「かわいい……アントニエッタ……僕に全てを見せてくれ」

クリストファーロの唇の動きを肌に感じるだけで、全身が粟立つ。

「……ぁ……はぁ」

「ずっと待った……長すぎて気が狂いそうだった」

熱いため息を吸い取るようにアントニエッタに触れたクリストファーロが、乳房の上で舌を動かし始める。

ざらつく熱い舌が乳首を執拗に舐めるたびに、下腹の熱の塊が大きくなり、アントニエッタは唇を噛んで呻きをこらえる。

「こらえなくていい、声を出せ、アントニエッタ」

「……でも……ぁ……お兄さまに……私……ぁ」

クリストファーロの淫らな勧めに逆らうように首を横に振ったが、乳房が張り詰めて刺激がどんどん身体中に広がってきた。

「……女の身体は素直なのが一番美しい……この白く透明な肌が素直に反応するのは愛らしい……君の愛らしさ美しさは天からの恵みだ……隠す必要などどこにもない」

「嘘だわ……だって私は……」

――おまえに似て多情なんだろう。銜え込んだのが男か猫かの違いだ。

熱に膿《う》んだ頭に父の嫌悪に満ちた言葉が過《よ》ぎる。

あのときは幼すぎて意味がわからなかったが、今ならわかる。

自分はとても淫らな人間なのだ。

実の兄の愛撫に喜び、彼を罪に引きずり込む人間だ。

「私は……ブラヴァ……にならなくちゃ……いけなかったのに……ぁあ……」

言葉で抵抗しても身体の奥は今まで知らなかった熱に侵食され焼かれていく。

遠い昔、看病させた兄に身体を見せたことはあるが、あれはまだうんと子どものころだ。

混乱する頭でクリストファーロの言う意味を知ろうとしたが、ばらばらと記憶が取り散らかってどうにもならなかった。

その間もクリストファーロはアントニエッタの乳房を舐めて、痛いほど乳首を尖らせる。

「ここも、もう、感じ方を知っているんだね」

尖った乳首をかりっと歯で嚙まれて、アントニエッタは四肢を駆け抜ける甘い痛みに、両手を押さえられたままで軋むほど背中を撓《しな》らせた。

「もうすっかり大人だな……アントニエッタ。全身で僕をほしいと言っている」

「……嘘……だわ」

「嘘じゃない。君は昔から誰よりも僕を望んでくれた。どんなときでも、自分を真っ先に選ぶことを僕に求めた。これは君が望んだことだ」

「それは……だって……ぁ」

この館でアントニエッタが愛せる者はクリストファーロしかいなかったから。

「ずっと側にいると約束しただろう？　アントニエッタは僕のものだ」

クリストファーロに触れられるたびに身体の奥から崩れていくものは理性なのだろうか。

肌の熱はどこまでも上がって、身体から力が抜けていく。

どうしてかわからないけれど、クリストファーロの迷いのない言葉と、全身に広がる初めての快感に抗えない。

「君の心はずっと僕のものだった。この先は身体も僕のものになる……」

強く摑んでいたアントニエッタの手首を解放し、詫びるようなキスをしてから、クリストファーロは彼女の下半身に絡んでいた下着を取り去った。

「……いや……」

意味のない拒絶の言葉は弱々しく、アントニエッタは自分でも本当に何をしたいかわからない。

だが兄の前に全ての肌を晒したとき、羞恥でもない不思議な震えで身体の奥がぎゅっと収縮するのを感じた。

「……ぁ……」

自由になった手で下腹を押さえると、焼けるほど熱かった。

その手に自分の手を重ね、クリストファーロが一緒に下腹を撫で下ろさせる。

「こんなのは駄目……」

まるで自分の淫らさを自ら楽しんでいるような仕草に罪悪感を覚えて、アントニエッタは自分の手を引き抜いた。

「そうだな、アントニエッタの身体に触れていいのは僕だけだ。たとえ君であっても自由に触れてほしくはない」

冗談とは聞こえないほど真剣な声で言ったクリストファーロは、彼女の柔らかな腿からつま先までを舐めるように撫でた。

「きれいだ……逃げてきてくれて良かった。他人に傷つけられた君を見たら、僕は自分を一生許せなかったと思う」

つま先を口に含んで、小さな指の一本一本を舐め始める。

「あ……そんな——ぁ」

あり得ない場所から頭の先に淫靡な快さが駆け抜ける。

尖らせた舌先で柔らかい指の股を舐められると、快楽の色が濃くなり、アントニエッタは喉を反らせて短い息を洩らした。

「あ……はぁ……お兄さま……どうしましょう……」

両手で絹のシーツを握りしめて、アントニエッタはつま先を動かして快楽を外へ逃がそうとした。

だが腰が浮くと、その刺激はいっそう甘くなり身体の奥が奇妙に濡れていく。

「駄目……お兄さま……」

内腿の間にねっとりした温かいものが流れていく感触に、アントニエッタは呻きながら竦んだ。

今身体から零れ出たものはなんだったのだろう。もしかしたらあり得ない粗相をしたのかもしれない。

名ばかりの夫に尽くし、女の身体の秘密を知らないアントニエッタは、羞恥で惑乱した。

アントニエッタはぎゅっと脚を閉じて、自分の失敗を隠そうとした。

「もう――やめ、て――お願い……私、薬のせいで……おかしいの」

羞恥と混乱で頬が火照るアントニエッタは、むりやり飲まされた薬にその原因を求める。

クリストファーロから顔を背けて訴える彼女の膝を淫らな手つきで彼が丸く撫でる。

「脚に力を入れないで、アントニエッタ」

唇を噛んで首を横に振るが、クリストファーロは膝を撫でる手を止めない。

骨まで愛撫するような動きに、やがて自然と脚の力が抜けていく。アントニエッタは両手で蕩けていく顔を覆うが、クリストファーロがその膝を左右に割り広げる。

「見ないで……お兄さま――私、大変なことをしてしまったの……」

認めたくない粗相の恥ずかしさに、微かな理性が捨てきれないアントニエッタは涙が零れそうになる。

「お兄さま……意地悪をしないで……ブラヴァじゃないからって叱らないで……お願い」

熱のある視線に身体の奥をくまなくさぐられて、アントニエッタは呻く。

幼いころからさんざん父と母がアントニエッタの心に刻んできた「悪い子」という言葉が彼女を苛む。

「違う。かわいらしいからだよ。君のここを愛したいからだ」

アントニエッタの両脚をもう一度大きく開かせたクリストファーロは、指先で濡れた奥に触れた。

「あ――」

ふっくらとした花びらを爪が軽く弾いただけで身体が痺れ、アントニエッタは顔を隠していた手を外して声を零した。

「父上の言うことは一つだけ当たっていた。アントニエッタの我が儘な強気と清らかな弱気は、とても男の心をそそる……でも君のせいじゃない。夢中になる男が悪いんだ……」

身体を起こして、涙に濡れた彼女の頬を包み込んだクリストファーロが唇を重ねた。

「ん……」

熱く濡れた唇がアントニエッタの唇を強く吸う。

呼吸を奪われるような息苦しさに唇を開くと、ぬるりと舌が入り込む。

濡れた熱い舌が口の中で自在に動き回り、柔らかい粘膜を思うさまに舐める。

「ふ……んっ……ぁ」

上顎を舐めたかと思うと、ぷりぷりとした歯茎をさすり、歯の根元まで自在にねぶる。

自分でも触れたことのない場所から焦れったい刺激が広がり、彼女の頭の中を痺れさせる。

「……ぁ……ふ……」

どちらのものともわからない唾液が溢れ、合わせた唇の間から銀の滴《しずく》になって流れ落ち、アントニエッタの喉を擽《くすぐ》った。

甘美な苦しさに酔うアントニエッタは、口の中を蠢《うごめ》く舌を追いかけて、自分から舌を搦める。

「……アントニエッタ……」

唇の間から囁いたクリストファーロの手が快楽に張り詰めた乳房を握る。指の間から零れた乳首を長い指が強く転がした。

「く……ぁ」

脳天まで突き抜ける刺激に彼女は呻き、口の中をまさぐる熱い舌に吸いつく。

何かに縋り付いていなければ身体がどこかへ行ってしまいそうだった。

「……ぁ……ぁふ……」

意味のない音を洩らして、クリストファーロの舌を追い続ける。

脚の間から絶え間なく温かい何かが零れ、寝台が濡れているのを感じたが、それすら奇妙な刺激になっていく。

やがて乳房を弄んでいた指はぐっしょりと濡れた内腿の間におりていった。

「あ――」

指先が奥の襞に押しつけられた瞬間、ぐちゅっと濡れた音が寝室に響いて、アントニエッタは自分のあり得ない不始末に身体が竦む。

「触らないで――私、……汚してしまったの」

濡れた唇で訴えると、クリストファーロが喉を震わせて笑うような息を吐いた。

「白い結婚しか経験していないアントニエッタが身体の秘密を知らないのは無理もないけれど、これは君の花が美しく開くための甘露な水だ……溢れれば溢れるほど君はきれいになる」

温《ぬる》んだ滴を指で掬ったクリストファーロが見せつけるみたいに舌でちろりと舐める。

「心を許した相手に愛されると身体の中から蜜を零す。女性の身体はそういうふうにできているんだ」

そう言いながらクリストファーロは彼女の濡れた秘裂に指を這わせる。

「これはアントニエッタが大人になった証だ……本当に愛する相手に花を開かされて、初めて完璧な淑女になるんだよ……」

「……私は大人になるの……？」

潤んだ目で見あげると彼のまなざしが揺れた。

「そうだ、ずっと昔から僕がその役目を果たしたいと願っていた」

密やかに囁きながらアントニエッタの額に唇を寄せたクリストファーロは、濡れた秘裂を繊細な指の動きで左右に捲った。

「……あ……ぁ……」

柔らかな花弁の内側が晒された反動で、ちりっとした刺激が下腹に走る。

こんなふうに身体が熱くなるのはバルベリーニ家の秘薬のせいではなく、自分がクリストファーロに心を許しているからなのだろうか。自分の快楽の原因を探したくて、アントニエッタは兄の言葉に縋り付く。

「お兄さまが大人にして……私を……大人にして」

「ああ、僕に任せて、アントニエッタ。蕾はまだ硬いのだけれど……少し我慢してほしい」

指先が花弁を撫でながら、隠されていた花芽に触れた。

「あ——何……」

小さな突起にクリストファーロの指先が触れた瞬間、身体の内側を火が駆け抜けたように感じる。

熱く痛い感覚なのに身体の芯に残ったのは甘さだけだった。

もう一度その感覚を確かめずにはいられなくてアントニエッタは僅かに脚を広げてしまう。

「痛くないか……？」

「…………大丈夫……お兄さま……」

あり得ないほど感じている恥ずかしさに脚を閉じようとしたとき、彼の指がアントニエッタの花芽を摘んだ。

「あ——っ」

今度は曖昧さのない刺激が頭の先から足の先まで届く。

身体の奥から熱く粘つく蜜が溢れ、内腿を濡らした。

「……身体がすごく熱い……ぁ……お兄さま……ぁぁ」

薬で掻き立てられたものとは明らかに違う、身体の肉が蕩けるような熱が宿った。

「いや、まだまだ、アントニエッタ……薬などではなく、自分から感じて熱くなればいいんだ」

クリストファーロの指先が、硬くなり始めた花芽を指で摘み上げる。

「はぁ……お兄さま……ん……」

「こうするとどうだ？　痛いか？」

指の腹でこりこりと剝き出しにした花芽を擦られて、アントニエッタはつま先まで引きつりそうに痺れた。

「あ――いや……お兄さま……いや……痛いの……や……ぁ」

だが言葉とは裏腹に、痛みの裏に隠された濃密な刺激を求めて、脚が開いて腰が浮く。

クリストファーロの指の動きは止まらずに、膨れ上がる花芽を執拗に摘み上げた。

「駄目――ぁ……そんなふうに摘まないで……や……あ」

足指の先まで自然に反り返る刺激を受け止めきれずに、アントニエッタは巻き毛を振り乱して喘いだ。

苦しいのに、身体中が熱くて、執拗に摘まれている花芽から這い上がってくる感覚を味わうことだけで頭がいっぱいになっている。

「あ……ぁ……」

溢れる蜜を集めてぬるぬるした指が、花芽を擦り、強弱をつけて啄む。

「来るの……何か来るわ……お兄さま——」

足もとから頭の上までいっぱいになった熱が限界まで膨れ上がって、アントニエッタの身体を焼き切りかける。

「怖い——来るの……熱い塊が来るの……」

必死に訴えるあまり乳房を突き出した彼女の充血した乳首に唇が触れた。

「それは『来る』んじゃなくて『達《い》く』んだ——アントニエッタ——今から君が味わうのは、大人の女性になるための最初の悦楽だ……身体中で味わうんだよ」

かりっと乳首を噛まれて花芽を強く摘まれたとき、アントニエッタは熱の塊に押し流された。

「あ——あ——ぁ……」

下腹で何かが弾け、身体中が激しく痙攣した。足の指まで反り返って震え、背中が折れんばかりに反り返る。

「いや——ぁ……壊れる……ぁ」

自分でもどうしようもなく跳ねる腰をクリストファーロに抱きしめられた。

「あ……ぁ」

渦に巻かれたような痙攣が治まったあとも、切れ切れに続く震えに困惑して、アントニエッタはクリストファーロにしがみついた。

まだ息を喘がせているアントニエッタの唇に触れながら、彼はまだひくつく花の奥に指を忍ばせた。

「……何をするの……お兄さま……」

気怠く首を横に振ったが、一度頂点を味わった身体は敏感に反応した。

「この先に大人の女性しか味わえない喜びがある……怖がらないでいい」

衣擦れの音がして、脱ぎさった衣をクリストファーロが寝台の横に滑り落とした。

薄い灯りの中に逞しい裸体が浮かび上がる。

「……お兄さま……」

その額に落ちかかる黒い髪に触れたくなって指を伸ばした。

「……そうやって昔、僕を許してくれたね……覚えているだろうか……」

彼の呟きに何の屈託もなかった日々の温かさが甦った。

いつだったかは思い出せなくても、クリストファーロの黒髪に触れてキスをした日があったことは覚えている。

兄と妹で交わるこの罪は誰が許してくれるのだろう……快楽に押し流されながらアントニエッタは思った。

今自分がしていることはどんな理由があろうと、取り繕うことのできない罪だ。

きっと今、クリストファーロもこの罪を受け止めているのだろう。

血の繋がりを超えてむつみ合ったことは誰の許しも得られない。互いが許し合うことしかできない。

誰も容赦《ようしゃ》することのない罪だとわかっていても、この流れに逆らうことができない。むしろこうなるのが遠い昔から決まっていた気持ちになる。

初めて味わった悦楽の甘い眩《まばゆ》さに、手の中から零れていく大切なものを今は探せない。

ぐっしょりと濡れて柔らかくなった花をクリストファーロの指が開いて、するりと奥まで滑らせた。

「ん――ぁ」

身体の奥に隠された襞を優しい指先が舐めるように撫でた。

襞の一枚一枚が蠢いて、クリストファーロの指先を招くように開いていく。

「ここが、僕とアントニエッタが一つになる場所だ」

熱のある声で言いながらクリストファーロが開いた襞につぷんと指を含ませた。

「う……っ……」

つきんとした痛みは一瞬のことで、ちりちりと散らばって小さな快楽の種を播《ま》く。

クリストファーロの指が狭い蜜道をゆるゆるとまさぐり、中の蜜壁を刺激する。

身体の中を生々しく触られる違和感が消えると、四肢が弛緩していく不思議な心地よさが生まれた。

「はぁ……ぁふ……」

彼の指が動くたびに溢れる蜜でぐちゅぐちゅという水音が高くなる。

「……柔らかくなってきた……指に絡みつく」

濡れて艶めく声でクリストファーロが呻き、蜜道の中でぐるっと指を回す。

「……あ――っ」

蜜肉に隠れていた小さなしこりに彼の指先が触れたとき、身体中が一気に痺れて、声が高く零れた。

「アントニエッタの中は熱くて柔らかい……君の心と同じだね」

身体の中をさぐる指が増えていく圧迫感に、アントニエッタは腰を浮かせる。

だが、どれほど中を掻き回されても、その奥が熱くなるばかりで充足感が得られないことにアントニエッタは焦れた。

「……奥が……」

とうとうアントニエッタは身体の中の指を襞で締め付けながら呻く。

「奥がどうかした？」

唆《そそのか》す掠れた声に短く喘ぎ、腰を捩った。

「奥が……熱いの……お兄さま……どうにかして……」

開いた唇に自分の唇を重ねたクリストファーロが脚の間に身体を深く入れ込む。

その身体を逃さないようにアントニエッタは自ら脚を開いて、逞しい腰に強く膝を当てる。

「息を吐いて身体の力を抜いてごらん、アントニエッタ」

耳元で熱く命じる声に息を深く吐いて、膝を緩めた。

「あ――っ」

さんざん弄られてひくついた蜜口に、熱の塊がぐっと入り込んだ反動で声が洩れたが、痛みよりも甘さが先に立つ。

拓かれた蜜道の入り口から、足の先まで不思議な痺れが広がっていく。

快楽を求めてびりびりする肌に反して、四肢は弛緩する。

「……あ……ぁ……」

言葉にならない感覚にアントニエッタは薄い吐息を零した。

「アントニエッタ――何も心配ない」

「……心配なんて……していないわ……お兄さま」

気遣ってくれるのは嬉しいけれど、今はどんな言葉よりも全身で彼を感じたい。

「して……お兄さま」

その言葉にクリストファーロが獣のように呻いた。

次の瞬間、アントニエッタの身体の中の雄がいっそう硬く、熱を孕《はら》んだ。

「ん――っ」

花筒が軋んで、彼女の腹の中で欲情がふつふつと煮えてくる。

「……君の中は熱い……」

生々しく掠れた声も熱を持ってアントニエッタの頬を焼く。

「あ……ぁ……お兄さま……お兄さまも熱い……わ」

アントニエッタの身体にしっかりと覆い被さったクリストファーロが、淀みのない動きでぐいぐいと蜜の道を拓き始める。

「……ぁ……ふぁ……」

人のものとは思えない高い熱量の硬い雄が蜜道に初めての形をつける。みちみちと身体の中が埋められる感覚は、彼女の腹の中に溜まっていた熱を胸の上まで押し上げていく。

「あ……ぁ……また……来るわ……」

先ほどアントニエッタの身体に圧倒的な悦びをもたらした熱の塊が、腹の中で膨らんで、彼女の全身を支配していく。

「達《い》く――だよ……」

余裕のない声で笑ったクリストファーロがぐいぐいと腰を突き上げる。

「違うわ……あぁ……」

クリストファーロの雄に揺さぶられて、声が散らばりそうなのをこらえながら、アントニエッタは今の甘美な何かを伝えようとする。

「……達くじゃないの、お兄さま……来るの……」

アントニエッタは自分からクリストファーロの腰に脚を回して、その身体を引き寄せる。

「何かが来るの……よ。お兄さま……ぁ……」

必死に訴える彼女の言葉の合間を縫って、クリストファーロの雄が花筒の中で強く律動を繰り返す。

「何が……来るんだ?」

「……はぁ……わから……ない……でも……すごく……いいの……ぁ」

蜜襞がぐちゅぐちゅと擦りあげられて、身体の中から蕩けていく。

「あ……お兄さま……熱いもの来るの……私のほしい……ものが、来てくれるわ……ぁ……ぁ」

零すことなくその感覚を味わおうとして、その広い背中に腕を回して腰を押しつけた。

「ほしいものは全部僕があげよう」

熱風めいた息をアントニエッタの頬に吹きかけながら、クリストファーロの律動が激しさを増す。

ぐちゅぐちゅという水音と濡れた肉のこすれ合う音で、部屋は淫らで濃密な気配が満ち、

交わる二人をいっそう煽り立てる。

許されない罪を甘さにすり替える快楽に何もかも忘れて、アントニエッタはクリストファーロにしがみついた。

「あ——あぁ……あ……いい」

アントニエッタの唇から直截な快楽の証が零れ出た。

「いいか？　アントニエッタ……いいのか？」

尋ねるクリストファーロの声は獲物を捕らえた獣の咆哮《ほうこう》めいている。

「いいわ……すごくいいの……私……幸せ……」

数時間前のバルベリーニ家での屈辱が、遙か昔のように思えてくる。

自分が本当にほしかったのは、この男の熱だ——初めてのことだけれど、アントニエッタはそう信じた。

この先どんな人に会っても、クリストファーロ以上の人はいないだろう。

幼いころからファルネーゼの館でともに生きたクリストファーロだけが、アントニエッタの気持ちも身体も満たしてくれる。

「……幸せよ……お兄さま……気持ちがいいわ……」

「僕もだ……もっと……もっと奥まで包んでくれ……」

ぐりっと腰を回した彼の雄に蜜道を抉られたときに自らの腹の中に生まれた熱の渦に、

アントニエッタは押し流される。

「ぁ……いい――の……すごくいいわ、お兄さま――来るわ……来るの」

初めて知る快楽の激しさに身を任せて、恥じらいもなく肉の喜びを訴えながら、アントニエッタは絶頂を極めた。

言葉では言い切れないほどの悦楽に身体中がびくびくと痙攣し、クリストファーロの雄を咥えた蜜襞が不規則に収縮してちぎるほど締め付けた。

「くっ――」

短い呻きを洩らしたクリストファーロの腰の動きが止まり、まだひくつく蜜道に迸る熱が注ぎ込まれる。

「アントニエッタ……本当に僕のものだ……」

耳朶を噛みながら囁かれたとき、アントニエッタは自分が踏み越えたものの意味が全身に染み渡った。

いい子になれなかった――。

けれど今はもう何も考えたくない。

アントニエッタは達した身体を、クリストファーロにいっそうすり寄せる。

濡れた蜜が、クリストファーロと自分の隙間を埋めて、互いを一つにする。

「お兄さま……好き」

そう言っただけで自分の蜜道がひくひくと収縮して、中の雄をまた求める。

「あ……私……まだいかないで……お兄さまに」

身体の中で熱を放ったクリストファーロの雄は緩やかな形に変わっている。それが寂しくてたまらない。

もう一度、火傷するほど熱く硬い雄で満たしてほしい。

身体の奥にある蜜の部屋を、抉るほど突いてもらいたい。

「お兄さま……私、お兄さまがちっとも足りないの」

蔦のように腕を彼の首に搦め、アントニエッタはその肉体を拘束した。

「アントニエッタ……君になら全部あげよう。肉の最後の一片も骨の最後のひと欠片も、君がほしいと言ってくれれば今すぐにあげるよ」

快楽にぬめるアントニエッタの身体を、クリストファーロも強く抱き返してきた。

ぴったりと合わせられた二人の身体の間に、クリストファーロが指をこじ入れる。そして、繋がったままの奥の花を彼の指がまさぐった。

「ん――ぁ……」

身体の奥をクリストファーロに縫い止められたまま、花芽を擦られるのは、甘く切ない快楽を彼女の身体に呼び覚ます。

彼になら自分の身体の自由を明け渡すのは、屈辱ではなくこの上もない喜びだ。

甘い服従がアントニエッタの気持ちも身体も、正体なく蕩けさせる。

「お兄さまだけよ……絶対にお兄さまだけ」

「ああ、そうだ。君のこの淫らな花を咲かせていいのは僕だけだ」

言葉まで濡らしながら、クリストファーロは指先でアントニエッタの花芽を擦りあげる。

「あ……ん……ぁ」

弄られている花芽が硬くなり、同時にクリストファーロの雄を含んだ隘路がぎゅうぎゅうと締まる。

「ん――アントニエッタ……」

掠れた呻きが洩れて、クリストファーロの腰が再び動き始めた。

アントニエッタの襞に締め付けられた彼の雄が硬さをとりもどし、隘路をぎちぎちと圧迫する。

「お兄さま……いいわ……」

身体の奥をもう一度征服される感覚を生々しく味わいながら、アントニエッタは淫蕩な笑みを洩らす。

「アントニエッタ、もっと締め付けてくれ」

掠れ声でそう望んだクリストファーロが、アントニエッタを乱暴に組み敷く。

「ん――っ……はぁ」

乳房を握られたアントニエッタは、思い切り喉を仰け反らせて自ら腰を動かした。

喘ぐ度に飲み込んだ彼の雄が硬く膨れ上がり、ぎちぎちと蜜路を広げていく。

「いいか――」

「ええ、いいわ……お兄さま」

クリストファーロの肩に両手を当てて、アントニエッタは細く啼き続ける。

バルベリーニ家で見せられた地獄のあとでは、何があろうともう怖くないと思える。

自分が今、実の兄としていることを、誰が責めようとかまわない。

他人に地獄に堕《お》とされるくらいなら、自分で作った地獄に堕ちてやる。

たった一つ、一緒に引きずりこむクリストファーロには申し訳ないと思うけれど――。

でも――。

「仕方がないの……だってお兄さま……好き……よ。叱らないで――」

アントニエッタの身体の奥を激しく突きあげていたクリストファーロの汗が、頬に落ちてきた。

まるでクリストファーロの涙のようで、アントニエッタは陶然としながらも呟く。

「泣かないで……お兄さま……」

「誰が泣くんだ……誰がなじろうと、君がいればそれでいい……」

そう言いきったクリストファーロの雄がずんと身体の奥を突きあげたとき、快楽を感じるより先に、アントニエッタの身体がびくびくと反応する。

遅れてやってきた悦楽は先ほどよりずっと濃密で、気が遠くなりかける。

「あ——あ……」

身体の隅々に、密度の濃い愉悦が満ちてゆく。

彼女が味わっている喜びを追いかけるように、クリストファーロが身体の中に再度の熱を迸らせた。

「あ——熱いわ……お兄さまの……熱い」

自分のうっとりとした声が遠くから聞こえる。

「アントニエッタ……いいのか……」

「いいわ、お兄さま……とても幸せ……生まれてきて一番幸せよ……」

そう呟いて瞼を閉じたアントニエッタは、自ら意識を手放した。


嵐のような一夜から目覚めたとき、アントニエッタの枕元にはクリストファーロがいた。

「お兄さま……」

伸ばした手をクリストファーロはすぐに握ってくれた。

「大丈夫か、アントニエッタ」

その言葉でアントニエッタは夕べのことを肌で思い出す。

エミリアーノの誕生祝いから、おぞましい閨の出来事。

半裸のまま逃げ出して、兄に出会えたときの安堵と激しい喜び。

そのまま兄に抱かれたことを後悔はしていないし、したくもない。

もしクリストファーロに拒絶されていたら、きっと自分は本当に壊れていたと思う。

「大丈夫……お兄さま、私は大丈夫」

アントニエッタはしっかりとクリストファーロの手を握り返す。

「だから……お兄さまも……大丈夫だったら嬉しいの」

自分が兄を禁断の泥沼に引きずり込んだという自覚はあった。だがクリストファーロは思い詰めたような真剣な目でアントニエッタを見返した。

「お兄さま……？」

寝台の上に半身を起こしてアントニエッタはクリストファーロの顔をまっすぐに見た。

「アントニエッタ、先に言っておく。これからのことは心配しなくていい。僕を信じて任せてくれ」

「……ええ、お兄さまのことは信じているわ……でも、お父さまがなんておっしゃるか。それにバルベリーニ家からはすぐに迎えがくるはず……」

バルベリーニの館に戻ればまた同じことが起きる。それだけは絶対に嫌だけれど、父が支配するこの館にいることも難しい。

怯えるアントニエッタの肩をクリストファーロは強く抱いた。

「昨日の今日で疲れているだろうけれど、このあとすぐに郊外の別荘に行く」

「別荘？」

「ああ、ファルネーゼ家の代々の別荘だけれど、父上も母上も気に入らないらしく、もう何年も使っていない。寂れているがそのぶん、君がいたところで誰も気がつかない」

クリストファーロの手から生々しい熱が伝わってきて、アントニエッタの胸に安堵と勇気が広がる。

「目立つような贅沢はできないが、不自由がないようにはするし、警備もつける。そこで一か月……いや、二か月待ってくれ。今度こそ必ず迎えに行く」

強い口調には自信があり、アントニエッタに反論も質問もさせない。

「……待っているわ、お兄さま」

クリストファーロに凭れたまま呟くと、クリストファーロの息が苦しげに短くなり、アントニエッタをいっそうきつく抱きしめる。

「君を待たせるからには、本当のことを教えておきたい」

「本当のこと？」

真剣な口調に心がざわめいてアントニエッタはクリストファーロの目を覗き込んだ。

「昨日のことだ」

クリストファーロはアントニエッタの頬を両手で包み込んだ。

「君は何一つ罪を犯していないし、この先も犯すことはない。アントニエッタ、それだけは覚えておくといい」

耳元で絞り出された声は初めて聞く、思い詰めた響きがあった。

クリストファーロの言う「罪」が兄と妹で交わったことを指しているのはわかる。たとえどんな理由があっても罪は罪だ。

アントニエッタはそれを知りつつ、心の底からクリストファーロを求めた。

人の倫《みち》を説くことをせず、自分を受け入れてくれた彼には、深い愛と感謝の気持ちしかない。

後悔などしたくないし、クリストファーロに自分の罪を肩代わりしてもらおうとも思わない。

「いいの、お兄さま。私は自分のしたことくらいわかっているし、後悔もしていない。人がどう思おうと、神さまがどう決めようと私には関係ないわ。お兄さまが許してくれるだけでいいの」

感情の赴くままに訴えるアントニエッタに、クリストファーロはぎこちない笑みを浮かべ優しい目をした。

「君は笑うときも泣くときも、怒るときも甘えるときもいつも激しくて、嘘がない。君にこんな暗い罪は似合わない。僕は君にそんなものを背負わせるつもりはないんだ」

自分にも言い聞かせるように言ったクリストファーロは、アントニエッタを抱きしめて、未来に挑むように遠くを見つめた。

6. どぶ鼠の反逆

侍女と数人の護衛を付けてアントニエッタを郊外の別荘に匿《かくま》い、急いで帰館する馬上で、クリストファーロは彼女が腕の中に飛び込んできた夜を思う。

激情のままに愛を交わしたあと、アントニエッタは闇に引きずり込まれるように眠りに落ちた。

そっと頬に触れた手のひらに伝わってくる温もりがなければ、永遠の眠りについたようにさえ見えた。

「アントニエッタ……」

——助けて、お兄さま！

——身体が熱いの……いや……。

——お兄さまならいいの。アントニエッタはお兄さまならいいわ！

——お兄さまの妹だけれど、アントニエッタはお兄さましか要らない。神さまだって裏切るわ！

自分を兄だと信じながらもその一線を越えてきた、彼女の愛の重さと激しさに酔いしれた。

あの瞬間はどんな言葉も無意味で、ただ肌を合わせて激情を受け入れることだけが彼女のためだったと思う。

いや、違う。まっすぐにぶつかってきたアントニエッタのためにも、きれい事で弁解はするべきではない。クリストファーロは自分にそう命じる。

何も教えずに彼女を抱いたのは、アントニエッタが血で仕切られた禁忌を果たして越えるだろうかと、試す気持ちがあったからだ。

彼女の愛が、何ものにも屈せず、どんな常識も跳ね返すほど強く狂おしいものなのかを知りたかったのだ。

それほど自分は愛されたかった。

彼女の愛を得たかった。

今ようやく自分は望む愛を手に入れた。

この先はアントニエッタとの愛を守るために全てを尽くそう。

「こんな婚姻などさっさと反故《ほご》にする」

聞く人もいないけれど、クリストファーロは決意を口にした。

何があったかは切れ切れの言葉を繋いで想像するだけだが、アントニエッタが人間らしい扱いを受けていなかったことだけはわかる。

「……何も知らないアントニエッタになんということを……こんな結婚を仕組んだ奴らを絶対に許さない」

二年間は白い結婚が維持されると愚かにも信じ、彼女を一人ぼっちで待たせた自分への怒りは、バルベリーニ家でアントニエッタを守らなかった全ての人間と、カヴァリエーレ・ファルネーゼへと向かう。

「アントニエッタ、もう君をどこへもやらない。今度こそ約束しよう」

こんこんと眠り続けるアントニエッタに口づけをして誓った言葉を、クリストファーロはもう一度己の唇に乗せる。

目の前に立ちはだかる難題を乗り越え、彼女に真実を打ち明ける。

アントニエッタが選んだこの愛は、間違ってはいないことを教えよう。

「必ず君を幸せにする。アントニエッタ。何もかもが片付いたら、君にはどんな罪もないことを伝えよう……そしてこれからの一生は君を守るために使う」

クリストファーロは吹き付ける風に逆らって、再び誓った。

＊　＊　＊　＊

まだ自分がコージモだったころの、孤児院で過ごした日々を忘れたことはない。

あそこは紛れもない『貧民窟《ひんみんくつ》』だった。

中心部の華やぎとは隔絶された界隈は泥水で汚れ、泥棒に物乞いに、人殺しに、娼婦が四六時中うろついていた。モンベラーノ公国の影の部分を一身に背負うように街は淀み、腐っていた。

孤児院の窓から見る景色は薄汚れて猥雑《わいざつ》で、一歩外に出たならば子どもとはいえ、自分の身は自分で守らなければならなかった。

だから入り組んだ道も、暗い路地も手に取るように覚えている。

どこに何があるか、どんなものを買えるか、どんな人間がいるかを全て知っていた。

たとえ二十年以上経ったところで、あの吹きだまりは簡単には変わらない。むしろ金持ちが自分たちの塵を押しつけて、いっそう悲惨になっているのが関の山だろう。

夜に紛れる黒い外套に身を包み、クリストファーロはかつて自分が生きていた場所に足を踏み入れる。

謀《はかりごと》は人を使えば使うほど失敗し、秘密が洩れる。

自分の手を汚すことを怖れる者には何ももたらさないのがこの街だ。

闇の中を目的を持って歩くクリストファーロに無体を仕掛ける者はいない。視線すら送ってこない。

この街に住む者は、同じ匂いの人間をかぎ分けて紛れ込むことを許す。

やがてクリストファーロは目当ての店を見つけ、小さな木戸を開けて中に入った。

暗がりの中で蝋燭の灯りが吹き込んだ風に揺れて、帽子を目深に被ったクリストファーロの影を不気味に崩した。

仕切り代わりの石を積んだカウンターの向こうから、腹の突き出た中年の男がぎろりと睨む。

「鼠殺しを頼む」

挨拶などなしに進み出たクリストファーロは、懐からずっしりと金の入った革袋を出してカウンターの上に置いた。

立ちあがって無造作に金を引き寄せた男は重さを確かめ頷くと、奥に入った。

がたがたと鼠のような音を立てたあと戻ってきた男は、手のひらで隠れるほど小さな硝子の入れ物を差し出した。

「これでモンベラーノ中の鼠が殺せる」

「……カンタレラ……」

砒素《ひそ》と燐《りん》を混ぜた劇薬の通称を呟くと、男が蝋燭の炎に揺れながら一瞬だけにやりと笑った。

「鼠以外に使うと、縛り首だ」

首筋に毛むくじゃらの手を当ててお座なりの忠告をする男に頷いたクリストファーロは、懐深く薬をしまい込むと店を出た。

互いが深く脛《すね》に傷を持つ場所で、秘密が洩れることはめったにない。他人を暴くことが自分も暴かれることを意味するこの街での掟を知る者は他人を売ったりはしない。それでもこの場所を何度も訪れたり、長居をしたりすることは、クリストファーロの今の立場では得策ではなかった。

今夜一度きりで全てのことを済ませなければならない。

いっそう闇が深くなった道を更に奥に進み、クリストファーロは小さな仕立屋を探す。先ほどの薬屋と同じで看板も出ておらず、わかる人間にしかわからないようになっているが、孤児院にいたころに拾った服をそこで買い取ってもらった。道筋も店構えも覚えている。

見覚えのある鉄を打ちつけた扉は古びてはいるものの、変わってはいなかった。

中に入ると顔をあげた女の顔には二十年からなる皺《しわ》が刻まれているが、かつてそこにいた女だった。

「……仕立てを頼みたい」

帽子で隠れたクリストファーロの顔を目を細めて覗き込むようにした女は、頬にふっと驚きの色を浮かべたが、それも本当に僅かの間で消えた。

「金はあるのかい」

しわがれた声で言う女に、クリストファーロはまた無言で懐から重たい革袋を取り出した。

受け取った女は深く頷いて、一切感情の浮かばない目を彼に向けた。

たとえクリストファーロが、かつてここで泥水を啜《すす》った人間であろうとなかろうと、金を運ぶ客であればそれでいい。

この街で必要なのは思い出でも感傷でもなく、金と何事も洩らさない堅い口だけだった。

「で、何がいるのさ？」

「緋《ひ》の衣」

短く答えると、女はさすがに目を見ひらいたが、金の多さに納得したように鼻を微かに鳴らした。

「二週間後、取りにおいで。本物より上等なのを仕立てておくよ」

その言葉に懐からもう一つ金の入った袋を取り出す。

「一週間にしてほしい」

手を伸ばして金の重さを量った女は少し考える顔をしたあと「やるよ」と頷く。

帽子に指を当て取引成立を示したクリストファーロは、足音を忍ばせてその店を出る。

どろりとした闇は一切のものを覆い隠す。

これから起きることも、きっとこの闇が全てを隠してくれるだろう。この闇を抜けられるのは、かつてここで生きる覚悟を決めていた自分だけだ。そして自分が選んだ者の手だけを引いて闇から抜け出よう。

邪魔になる者は全て、この闇の中に捨ててしまえばいい。この闇から抜け出ることは、伝手《つて》のない人間にはとても難しい。

泣き叫んでも怒り狂っても、助けなど来ない。

奴らがそれを知る日は遠くない。

どぶ鼠が屋台骨を食い尽くすことを知らずに、館に放ったことを後悔しろ。

クリストファーロは泳ぐように闇をかき分けて、自分が目指す光のほうへと歩き始めた。

＊　　＊　　＊　　＊

その惨事は、本当に何の前触れもなく始まった。

傭兵隊長が兵士を引きつれてファルネーゼ家を取り囲んだとき、当主のカヴァリエーレはサンルームで優雅に朝の茶を楽しんでいた。

クリストファーロもそれに追随して、張り詰めた気持ちは押し隠す。

アントニエッタにこれから起きることを見せるつもりも、どんな些細なことにも加担させるつもりもない。

手を汚すのはどぶ鼠の自分だけでいい。

アントニエッタが逃げてきた翌日のうちに、彼女を郊外の別荘に匿ったのはバルベリーニ家とカヴァリエーレの目から逃れるためでもあったが、彼女に自分の謀を見せたくないという思いのほうがずっと強かった。

クリストファーロの思惑を知らずに、カヴァリエーレは招かれざる客に眉をひそめる。

「何事だ？」

さすがに君主直属の傭兵隊長相手に、いつもの傲慢さは窺えない。モンベラーノ公国だけではなく、割拠する国々での傭兵隊長に与えられている権力には、一介の貴族程度ではたちうちできない。

「カヴァリエーレ・ファルネーゼ伯爵。貴殿が君主暗殺を企て、モンベラーノ公国で禁止されている毒薬を隠し持っているという通報があった。君主の命により屋敷を調べさせていただく」

ファルネーゼ家へ感情のない声で宣言した傭兵隊長は、誰の許可も得ずに館の中に入り、まっすぐにカヴァリエーレの寝室へと向かう。

さすがのカヴァリエーレも傭兵隊長に逆らうことはできない。ただ不審を全身から漲らせてそのあとを追うだけだった。

「いったいどういうことだ……？」

カヴァリエーレの問いかけに答える者などおらず、館中の使用人が物陰に隠れ、息を詰めて成り行きを見守るだけだ。

「クリストファーロ！　何事が起きたんだ？」

少し離れてこの騒ぎを見つめていたクリストファーロにようやく気がついたように、カヴァリエーレは大きな声をあげた。

さすがに追い詰められると、拾ってきた鼠でもいないよりはましらしい。

皮肉な気持ちを神妙な表情に隠して、クリストファーロは進み出る。

「私にもわかりません。どうやら父上が……モンベラーノ公国君主の暗殺目的で禁止されている毒薬を隠し持っているという通報があり、その調査に来ている、ということらしいのですが……」

曖昧に語尾を濁して、信じられないという調子を作る。

「ばかばかしい！　誰がそんなことを」

吐き捨てる父に、クリストファーロは同情した視線を向ける。

「ファルネーゼ家の勢いに嫉妬する人間は多いですからね。誰かが腹いせにありもしないことをでっちあげたのでしょう」

「そうだな。ばかばかしい。調べれば私の身の潔白などすぐにわかることだ」

ようやく安堵したらしい父の顔に常日頃の傲慢さが戻る。

「こんな無礼を働かれた代償は大きい……さて、何がいいか」

今度は濡れ衣の慰謝の要求を思って卑しい笑みを浮かべる父に、クリストファーロは内心の嘲笑《ちょうしょう》を押し殺す。

何故これが単なる濡れ衣だと思うのか。

名門ファルネーゼ家に傭兵隊長を送り込むような事態が簡単に収まると、どうして考えられるのか。

地位に胡座《あぐら》をかいて、周囲に目を配らなかった自分を、カヴァリエーレが呪うまであと僅かだ。

寝室にある書棚の奥に設えた隠し扉の中から、小さな硝子瓶が取り出されたときのカヴァリエーレの驚愕の表情をクリストファーロはこの先一生忘れないだろう。

「クリストファーロ――こんなことはおかしい！　あり得ない、なんとかしろ！　ファルネーゼ家が穢されることなどあってはならん！」

兵士たちに四方を固められて館から連れ出されるカヴァリエーレの叫びに、クリストファーロは深く頭を下げた。

「ファルネーゼ家の嫡男として、必ず役目は果たします」

その言葉に希望を見いだしたように父の顔は僅かに明るくなった。

だが彼は早晩知るだろう。

ファルネーゼ家の当主がこの瞬間に交替し、全ての権力がクリストファーロに渡ったことを。

彼は自分の拾ってきたどぶ鼠が希望どおりの息子に育ったことを喜ぶだろうか。

その結実を是非言祝《ことほ》いでもらいたいものだ。

クリストファーロはその仕上げのために、デーボラの部屋へと向かう。

「館の中が騒がしいけれど、何かあったのかしら？」

美貌が衰えるのを嫌い、昼過ぎまで休んでいるデーボラは、こんな早朝に起こされたことに不機嫌を隠さない。絹のガウンを纏った姿でクリストファーロを睨み付けた。

自分のこと以外何も関心がない形だけの母に、今し方起きたことをかいつまんで説明した。

「私はどうなるの？」

彼女の口から最初に出た言葉はそれだったが、いかにもデーボララしくクリストファーロは笑い出したくなった。

心配なのは夫の身でもなければ、この先のファルネーゼ家のことでもない。あまりにもデーボララしい言葉に、クリストファーロはこれから自分が言うべきことにまったく罪悪感を覚えずにいられた。

「濡れ衣であろうとなかろうと、父上の書斎から毒薬が出たことは事実です。真実はこれ以外にはありません。ファルネーゼ家はもう終わりかもしれませんので、母上も覚悟をなさったほうがよろしいかと」

「覚悟？　何の？　私は何もしていないのよ」

「あなたがどういう心づもりでいようと、あなたはカヴァリエーレ・ファルネーゼの妻です。審議の結果次第ではこの先、あなたは罪人の妻ということになり、もしかしたら爵位を失うことになるかもしれません」

冷笑を浮かべながら馬鹿丁寧な調子で言った。

「大丈夫ですよ、母上。そのときは私が昔暮らしていた場所にあなたをお連れします。ここまで大きくしていただいたご恩はきちんとお返ししますよ」

今にも卒倒しそうな顔色になりデーボラは金切り声をあげる。

「あんな場所、豚も住まないわ」

「大丈夫ですよ、母上。豚より人が多い場所です。人よりはどぶ鼠が多いでしょうが、馴れればどうということもありません」

取り澄ました顔が青くなったり赤くなったりするのを、クリストファーロは興味深く眺めた。

モンベラーノ公国が誇る三美人の一人と言われるほどの美貌は、アントニエッタによく似ているが、取り澄ましたその表情はまるで違う。

アントニエッタの茶色の瞳からは豊かな泉のように尽きない愛が溢れて、彼女の美しさに褪《あ》せない輝きを与える。

デーボラから宝石と手のかかったドレスを剝ぎ取ったら、おそらくその美しさは半減するだろう。彼女の美はそういう種類のものにすぎない。

「アントニエッタ……そう、アントニエッタに頼めばいいわ。バルベリーニ家ならなんとかできるでしょう」

顔を輝かせた彼女にクリストファーロは首を横に振る。

「君主が禁止した毒薬所有の罪で傭兵隊長自らが逮捕した人間に、情けをかけるなどという愚かなことを、バルベリーニ家がするとお思いですか？　逆にアントニエッタは離婚させられるかもしれません」

「……じゃあ、なんとかしなさい！　クリストファーロ。あなたはそのためにファルネーゼ家に来たのよ。恩を返しなさい！」

逆上したように叫ぶデーボラに貴婦人の面影は欠片もない。

婚家を追い出されるかもしれない娘を気遣う様子もないことが、いっそすがすがしいほどだ。

「母上」

尊敬の欠片もなく、クリストファーロはデーボラを見つめて、声を潜めた。

「一つだけ方法があります。母上が取り乱さずに聞いてくださるのなら、お話しできるのですが……」

今にも溺れようとしていることにようやく気がついたらしいデーボラは、彼が差し出す藁に縋り付く。

「何です――早く、お言いなさい」

口調だけは居丈高なのが笑いを誘うが、真面目な顔でクリストファーロは囁く。

「傭兵隊長は無類の女好きなのです……母上。特に美しい女性には目がなく、その美しさを愛《め》でたぶんだけ頼み事も聞いてくれるという話です」

思わせぶりな口調で言うと、その意味を理解したデーボラの顔が唇まで白くなり、わなわなと震えた。

　だがクリストファーロは同情する振りでたたみかける。

「……母上のお気持ちはわかります。ですが……名家の存続と一度の貞操は比べるほどのこともないのではありませんか？　むしろ、ファルネーゼ家を守った賢夫人となるのではないでしょうか……こう言ってはなんですが、父上も母上を二度とないがしろにはできなくなるでしょうね……」

　毒を注ぎ込む言葉をデーボラに囁く。

　彼女が一番大切なものが何かなど、聞かなくてもわかっている。

　クリストファーロは理解ありげな表情を作って、デーボラの白い手に傭兵隊長の住まいの地図を握らせる。

「たいしたことではありません……母上。向こうもわかっていて乗ることですから、秘密が洩れることもないでしょう……あなたが美しく生まれついたのは、大切な役割を果たすためだったのです。母上……必要なのはやり遂げる勇気だけです……今の暮らしを守れるのはあなただけです、デーボラ・ファルネーゼ伯爵夫人」

　とろりとした甘い毒はデーボラの身体中に回り、その善悪を見失わせた。

「……着替えなくては……」

　熱に浮かされたように呟くデーボラの手を取り、クリストファーロは口づけをする。

「一番良いドレスと宝石を忘れないようにしてください。……男は自分のために装った貴婦人を決してないがしろにはできません」

彼女を鏡台の前に座らせたクリストファーロは、呼び鈴を振って侍女を呼ぶ。

「あなたがファルネーゼ家を守れば、バルベリーニ家との絆も途切れることなく、アントニエッタも母上に深く感謝するはずです」

娘に感謝されようがされまいが、どうでもいいことだろうが、自分の地位があやうくなることだけは避けたいはずだ。実際、その言葉を聞いた彼女の顔は一瞬満足げだった。

やがて満艦飾《まんかんしょく》に着飾ったデーボラが館を出て行くのを窓から見送ったクリストファーロは、腹の底から笑いがこみ上げてきた。

デーボラは何も知らずに傭兵隊長に色を仕掛け『ファルネーゼ家の存続』を願うだろう。もうすでにクリストファーロがたっぷりと金を積んで取りつけた約束を裏打ちするだけだが、彼女が満足する結果になるはずだ。

ファルネーゼ家という名前が残り、自分の地位が脅かされなければそれでいいと、デーボラが思っていることは間違いない。ファルネーゼ家の当主が夫であろうと、血の繋がらない息子であろうと、何ら痛痒《つうよう》を感じないはずだ。

アントニエッタがバルベリーニ家を逃げ出してきたことも知らなければ、知っていたところでどうなろうと案じもしないだろう。

だが彼らが他人の気持ちに関心がなかったように、クリストファーロも彼らの感情などどうでもいい。彼らは自分がどうしてもほしいものを手に入れるための道具にすぎない。

クリストファーロは固く唇を結び、両手を握って、この先に起きるだろうことを透かし見る。

明日、バルベリーニ家の当主が、枢機卿だけが持つことを許される緋色の衣を隠し持っていたことで、モンベラーノ公国君主だけではなく教皇の怒りをも買うことになる。たとえ枢機卿の地位に手が届こうとする者でも、教皇の許可なく準備することなどあってはならない。

教皇はたかが一公国の一貴族でしかない男の出過ぎた振る舞いに、間違いなく怒髪天《どはってん》を衝くはずだ。教皇の逆鱗に触れれば誰も生きてはいけない。おそらくバルベリーニ家ごと没落する。

もちろんそのことを知っているのは、クリストファーロだけだ。

決して失敗はしない。どんな隙もなくやり遂げなければならないが、自信はあった。だてに幼いころから泥水を啜り、人を見てきたわけではない。

のうのうと暮らしてきた人間の何倍もの人生を自分は経験してきた。

自分の手を汚そうとしない悪人など、所詮《しょせん》悪巧みをする子どもにすぎない。

今やカヴァリエーレもデーボラも、元孤児コージモの駒に成り下がった。かつて人扱いしなかったどぶ鼠にそれと知らずに翻弄される気持ちはどんなものだろう。

生まれたときから満たされていた人間の背中は隙だらけだ。本気になった自分が失敗するはずなどない。

もちろん少しの後悔もない。むしろもっと早くこうすべきだったのだ。

クリストファーロはこの仕掛けの成功を疑わない。

シンと静まり返った館の中で、クリストファーロは力強く打つ己の鼓動を聞いていた。

＊　＊　＊　＊

カヴァリエーレが秘かにファルネーゼの館に戻されたのは十日後のことだった。

それまでの尊大さを剝ぎ取られたカヴァリエーレの髪は一気に白くなり、肩が落ちて十も二十も老けたように見えた。

「……何故、私がこんなことに……」

いつも座っていたサンルームの椅子に崩れ落ちたカヴァリエーレを、クリストファーロは冷《ひ》えた視線で見下ろす。

「父上、明日にでも母上と一緒にこの館をお出になってください。行き先はビエモンタル公国郊外の別荘です」

「ビエモンタル？　何を言っているんだ？　あそこは公国とは名ばかりの田舎者の集まりだ。法王でさえあそこには関心を抱いていないんだぞ。何故私があんなところへ行かなくてはならないんだ！」

一瞬以前の傲慢さを取り戻して声をあげたカヴァリエーレにクリストファーロは微かに笑ってみせる。

「父上、ご自分のお立場を理解していただきませんと」

「私の立場？」

眉をひそめたカヴァリエーレにクリストファーロは屈み込んだ。

「そうです、父上。あなたはもう死んだ方なのです」

「死んだ？　どういうことだ」

不審な目をしながら顔色を変えるカヴァリエーレに、クリストファーロはことさらゆっくりと話す。

「モンベラーノ公国君主毒殺を企んだ父上を助け出すには、一度死んでいただくしかありませんでした。父上はモンベラーノ公国ではすでに処刑されたことになっています。この国で暮らすことはできません」

「だから私は無実だと言って――」

「そんなことはどうでもいいことなのです、父上。君主が有罪と言ったら翻《ひるがえ》ることなどありません。父上はモンベラーノ公国においては、処刑されるべき重罪人なのです。こうして命があるだけでも幸運と思っていただきませんと」

「……私が……この、私が……」

顔を歪めて呻くカヴァリエーレにクリストファーロは慰めの言葉一つかけない。

「本来なら死刑になるところを、私がかけずり回って命乞いをしたのです」

「……それは……当たり前だろう……おまえはそのためにファルネーゼ家にいるんだ。私の役に立つのは当然だろう。それだけのことをしてやったんだ！」

カヴァリエーレは声を振り絞った。

「そうですね、父上。ですから私はこれまで育てていただいた全ての恩を返すつもりで父上の命を救い出したのです。このファルネーゼ家の財産をかなり使ってしまいましたが、それも父上のためですから、お許しいただきませんと」

「なんだと？」

声が裏返るほど驚くカヴァリエーレにクリストファーロは肩を竦めた。

「処刑を中止してもらうのがどういうことか、おわかりですか？　どれほどの人間を金で動かさなければならないか、父上ともあろうお方がわからないとはおっしゃらないでしょう。父上と母上がこれから暮らすための多少の金はなんとかご用意できましたが、贅沢はできません。これからは母上と二人、仲良く慎ましく暮らしてください」

「……デーボラは無理だ。あれは骨の髄まで貴族の女だ」

最後の矜持を見せるカヴァリエーレに、クリストファーロは思わせぶりに笑った。

「いいえ、父上。母上は父上を大切に思っていらっしゃいます。父上の命乞いをしに傭兵隊長に身体を任せるほど、愛しているのですから」

クリストファーロの言葉にカヴァリエーレの顔が蒼白《そうはく》になる。

「……デーボラ……あの女は……欲望のままに生きている雌の獣だ……」

「なんというおっしゃり方を……母上の美しさと淫らさがあなたの役に立ったのです。父上も本望でしょう。母上に感謝なさって、大切にして差し上げることです」

クリストファーロはカヴァリエーレの顔から視線を外し、光り輝く外を眺める。

「この美しい館も終わりでしょうか……父上」

「……そんな……そんな……」

ただ呻くだけのカヴァリエーレの声を聞きながら、クリストファーロは大きく息を吸い込んだ。

「でもやるだけやってみますよ。ファルネーゼ家当主、クリストファーロ・ファルネーゼ伯爵として――」

カヴァリエーレからの答えは返ってこなかったが、クリストファーロは振り向きもせずにとどめを刺す。

「それから父上、お聞き及びだとは思いますが、バルベリーニ家当主も教皇に無礼を働くという罪を犯してしまいました」

「……本当なのだろうか……私のように嵌《は》められたのではないだろうか……？」

さすがにカヴァリエーレの勘はすっかり鈍っているわけではないようで、その事件への疑問を呈《てい》する。

だがクリストファーロは背中を向けたまま軽く肩を竦めてやり過ごす。

「そうだとしても教皇相手ではどうしようもありません。バルベリーニ家の足をひっぱりたい輩はうようよしていましたから、隙を見せたほうが負けです」

さらりと断言するクリストファーロにカヴァリエーレが怯んだように息を吸い込む。

「ファルネーゼ家と違いバルベリーニ家はもう再興はできないでしょうが、アントニエッタのことに関してご心配は要りません。私が責任を持って面倒みます」

ゆっくりと振り返って、クリストファーロはカヴァリエーレに余裕たっぷりの笑みを見せつける。

「あなたとデーボラの血を引くアントニエッタは、今やファルネーゼ家の象徴。私が全身全霊で大切にしますよ」

「……おまえ……まさか――」

クリストファーロがあえて作った淫らで思わせぶりな顔に、カヴァリエーレが蒼白になる。

「アントニエッタは母上に似てとても美しい。側に置いて愛でるのに不足はありません」

「おまえ！」

かっと頭に血がのぼったように立ちあがったカヴァリエーレの胸元に、クリストファーロは指先を当てて馬鹿にした仕草でつつく。

「いいではありませんか、父上。アントニエッタを淫らだと、さんざん貶めたのはあなたではないですか。彼女が父上の想像どおりに育ったことをむしろ喜ぶべきでしょう」

「――この、卑怯者《ひきょう》が……」

唸ったカヴァリエーレにクリストファーロは楽しそうに笑いかける。

「貧民街の孤児院から引き取った人間にどれほど鍍金《めっき》をしたところで、中身はどぶ鼠のままなのです。それを知らなかったとは残念ですね。父上」

手負いの獣めいた悲鳴をあげてカヴァリエーレが頽《くずお》れるさまを、クリストファーロは冷たく見下ろした。

下卑た想像で、苦しむだけ苦しめばいい。

この男に本当の愛などわかるはずはない。

下賤の血で汚れた男に、ファルネーゼ家の娘を穢されるという屈辱に、一生まみれていればいい。

　クリストファーロは再び背中を向けて、カヴァリエーレを自分の人生から追い出した。

＊　＊　＊　＊

　別荘に身を隠してきっかり二か月後、クリストファーロはアントニエッタを迎えに来た。館には父も母もおらず、クリストファーロが新しいファルネーゼ家の当主として采配《さいはい》を振るっていた。

　クリストファーロの口から父が起こした事件のことを聞かされたものの、アントニエッタは俄《にわか》には受け入れられなかった。

「僕も信じられなかったが、目の前で毒薬が発見されては信じないわけにはいかなかった」

　ひどく疲れた目をした兄にそう言われると、それ以上何かを問うことはできなかった。

　本来なら処刑されるような罪だったのに、クリストファーロが奔走して当主交替で済んだのを幸運と考えるしかないと、自分に言い聞かせた。

だが時を同じくしてバルベリーニ家に降りかかった厄災を聞くに及んで、彼女の胸に奇妙な不安がこみ上げてきた。

どうしてこんなにも立て続けに、ファルネーゼ家とバルベリーニ家に怖ろしいことが起きたのだろう。

エミリアーノの祝いに沸いていたバルベリーニ家は順風満帆《じゅんぷうまんぱん》の完璧な見本のようだった。枢機卿の地位に手が届きそうだという噂さえあった。

それを一番享受していた当主自らが、愚かな振る舞いで全てを駄目にするだろうか。

これまでは、チチェリナたちが自分を追ってくるのが心配だったけれど、もうバルベリーニ家はアントニエッタに関わる時間などないだろう。

自分が館に戻るのを許すはずのない父もいない。

抱えていた懸念が一気に払拭されたことが逆に怖ろしい。

――これからのことは心配しなくていい。僕を信じて任せてくれ。

クリストファーロが言った言葉に深い意味があったような気がして、鼓動が乱れた。サンルームの窓からの光が消えて暗くなった錯覚に陥った。

「……お兄さま……まさか……」

はっきりとは形にならない暗い疑問が口から零れたが、クリストファーロは顔色一つ変えずに聞き返してきた。

「何がまさか、なんだ？」

「……いえ……そんな気配もなかったのに、どうして両家にいきなり禍が起きたのかと不思議なの……」

じっとアントニエッタの顔を見つめたクリストファーロは、静かに口を開く。

「……そうだね、たとえば僕が何か仕掛けたとでも思うのかい？」

まったく視線の揺れないクリストファーロに、アントニエッタは根拠のない疑いを抱いたことを恥じた。

「……こんなに都合よくバルベリーニ家に戻る必要がなくなるなんて、考えていなかったから……なんだか落ち着かない気持ちなの」

「そうだな。僕も同じだ」

あっさりとクリストファーロも同意した。

「だが、バルベリーニ家では唯一の弱点だったエミリアーノが十二歳を無事に迎えて大人の仲間入りだ。モンベラーノでの地位が盤石となる前に、引きずり下ろそうとする輩はいる。そしてバルベリーニ家と姻族のファルネーゼ家も同じような嫉妬と敵意の対象になり、失脚を企む者がいても不思議ではない」

「では、バルベリーニ家とお父さまは誰かに罠を仕掛けられたということなの？」

こわごわと尋ねるアントニエッタにクリストファーロがためらいもなく頷く。

「父上はもちろん、バルベリーニ家の当主も頑強に罪を否定していると聞いた。もし父上たちが無実だとすれば、誰かに罪をなすりつけられたということだろう」

その声に哀れみはなく、むしろ突き放した気配を感じる。

「……お兄さまはお父さまがお気の毒だとは思わないの？」

責めるというより不思議な気持ちが口に出た。

「父上だって同じようなことをしてきたんだ。人にしてきたことを自分はされないと思うほうがおかしい。隙を見せた父上の失敗だ」

「お兄さまは……お父さまが悪いとおっしゃるの？」

アントニエッタ自身、父に叱責された覚えこそあれ、かわいがられた覚えはない。それでも血の繋がった父がこんな目に遭ったことは辛かった。

それとも父はアントニエッタが知らない罪を犯してきたのだろうか。

「私が知らないことを何か知っているの？　お兄さま！」

内心が見えないクリストファーロの動かない表情に焦れて声が高くなった。

「お兄さま、か……」

奇妙な声で繰り返したクリストファーロは、アントニエッタが座る椅子から離れて窓際に立った。

「君に父上が犯した罪を一つ教えよう」

クリストファーロは低い声で切り出した。

「お父さまの罪……」

背後から光を受けたクリストファーロの顔は影になってよく見えないが、何か確信があるように落ち着き払っているのは伝わってくる。

「そうだ。君に一番関係のあることだ」

重々しい響きにアントニエッタは喉がひりひりと渇いて、返事ができない。

「アントニエッタ、君と僕は兄妹ではない」

彼の表情は窺えないが、声に揺らぎはなく嘘は感じられない。

「……どういうことなの？　私はファルネーゼ家の娘ではないの？」

「逆だよ。アントニエッタ。僕がファルネーゼ家の人間ではないんだ」

「お兄さまが？　だってお兄さまはお父さまにそっくりだわ！」

不意に空が曇って、クリストファーロの顔がはっきりと見えた。黒い目はまっすぐにアントニエッタを見つめ、言葉以上の真実を伝えてくる。

「そうだ。それが父上の狙いだったのだから当然だ。僕がカヴァリエーレ・ファルネーゼに似ていなければ、今ここに僕はいない」

「……意味がわからないわ」

クリストファーロの叩きつける口調にそう言い返すことが精一杯だった。

「簡単なことだ。僕はアントニエッタとは何の血の繋がりもない。一緒に育っただけのただの他人という意味だ」

「本当に……？」

クリストファーロの真剣な表情に嘘だとは思えなかったが、念を押してしまう。いきなり信じるには兄として一緒に暮らした時間が長かった。

「本当だ。君たち貴族が気まぐれな慈善以外では絶対に足を踏み入れない、貧民窟の孤児院で修道女たちに育てられた人間、それが僕だ」

「……まさか……」

誰よりも美しく賢い自慢の兄がそんな生まれだったとは信じられない。

だがこちらを見るクリストファーロの顔に不意に猛々しい表情が浮かび、彼の別の一面を覗かせた。

父や周囲の貴族とはまるで違う、獣を思わせる目に彼の出自が露わになった。

「本当なの……お兄さま」

「ああ。本当だ」

クリストファーロは皮肉な笑みを浮かべる。

「ファルネーゼ家に引き取られたのは六歳のときだ。目の前で哀れな孤児をあれこれ品定めしていたおまえの父と母の言葉も表情も全部覚えている。思い違いでも嘘でもない」

おまえの父と母——迷うことなくそう言い切った声には真実の響きしかなく、信じたくないけれどこれは本当の話なのだと思い知らされる。

アントニエッタはおそるおそる真実を手探りし始める。

「どうして、そんなことになったの？」

「名門ファルネーゼ家が孤児を引き取った理由か？」

クリストファーロは皮肉な笑みを浮かべた。

「聞けば傷つくだろうが、言わなければ言わないで納得しないだろう。誰だって、あの両親が優しい気持ちで身寄りのない子どもを引き取ったとは考えないだろうからな」

鼻先で微かに嗤い、クリストファーロは窓を背にしたまま話を続ける。

「クリストファーロ・ファルネーゼという息子がファルネーゼ家にいたのは本当だ。歳も生きていれば同じ二十八歳だが、六歳のときに池にはまって命を落とした」

ファルネーゼ家の父と母のことは嘲っても死者を悼む気持ちはあるらしく、口調は改められる。

「大切な嫡男を失ったカヴァリエーレは息子の替え玉を探し、息子と歳も同じで顔立ちもよく似たこの『俺』を孤児院から引き取った」

「……替え玉ってどういうこと？」

貴族らしい取り澄ました口調はすっかり荒々しいものに変わっているが、不思議と品の悪さも不快さもないのは、あまりに自然に聞こえるからかもしれない。

だがクリストファーロがずっと隠していた猛々しい本質が露わになったことに圧倒されて、アントニエッタは聞き返す声が小さくなった。

いくら失った息子の代わりに育てたところで、他人は他人だ。何故そんなことをしたのか両親の真意がまるでわからなかった。

「本物のクリストファーロは、男と密会中の母親を探して溺れた。カヴァリエーレは息子の弔いよりも名門ファルネーゼ家の名を守ることを優先した。それだけのことだ」

「それだけのこと――って……そんなひどい」

自分の息子を失った哀しみよりも、体裁が大切だと思う両親が理解できない。まるで人の血がかよっていないようにさえ思える。

だが、これまでのことを考えれば、両親がそんな人間だということも本当だと感じる。

父や母が兄に対して親らしい愛情をかけていた記憶は確かになかった。

「お兄さまはお父さまとお母さまを恨んでいるのね……」

否応なく他人として生きることを強いられたクリストファーロの辛さがどれほどのものか、想像しただけで胸が詰まった。

だが、クリストファーロの首が微かに横に振られた。

「今は感謝しているさ」

「どうして？　お父さまとお母さまはお兄さまの人生を他人として作り替えてしまったのよ？　何故そんなことが言えるの？」

「おまえに会えた。それが俺の全てだ」

クリストファーロという作られた人間の衣を脱ぎ捨てたように、アントニエッタを「おまえ」と呼んで、感情を迸らせる。

背後から差し込む光より強くクリストファーロの目が輝いた。

「俺は生まれてすぐに孤児院の前に捨てられた。誰も俺を愛さなかったし、愛されたいと思ったこともない。だがおまえは違った」

大股に近づいてきたクリストファーロは、熱い手のひらでアントニエッタの頬を覆う。

「おまえだけは俺を愛してくれた。俺の愛を求めてくれた。俺は生まれて初めて人を愛したんだ、アントニエッタ。俺の人生はおまえのためにあったのだと、あのときにわかったんだ」

唇が近づいてきて重なった。

「俺はおまえに会えたからもういい。けれど父上は肉親の情も殺し、のし上がるためには何でもやる人間だ。どこかで恨みを買っていても仕方がない」

クリストファーロの言葉はアントニエッタの胸に重く沈みこむ。

「……お兄さまは本当にもういいの？」

アントニエッタの知る限り、クリストファーロのこの館での暮らしは決して幸せではなかった。

幼いころ、クリストファーロがイザベッラという女性のことで、父に使いを命じられていたのを思い出す。

――イザベッラという女性のもとへ行き、お預かりした手切れ金を渡して参ります。

――普通の女が一生かかっても手にできない大金だ。喜んで受け取るだろう。

――彼女のお腹の中に赤子がいると聞いていますが。

――私は敬虔なクリスチャンだ。神から賜ったものをお返しするなどあり得ん。口を慎め！

今なら、カヴァリエーレが人とは思えない非道な振る舞いをし、クリストファーロはその片棒を担がされていたことが理解できる。

あのときの父を責める兄の視線が脳裏に甦る。

きっとあのような目でカヴァリエーレを見る人間は、モンベラーノ公国にいくらでもいるのだろう。

「そうね……」

自分に言い聞かせるようにアントニエッタは呟く。

他人を大切にしなかった父が大切にされるわけはない。

本来ならクリストファーロにだってもっと恨まれても仕方がないのだ。

だが彼は処刑されそうになっていた父を救い出し、母と一緒にモンベラーノ公国から逃がした。

両親を愛しているという気持ちは薄いけれど、それでもアントニエッタには父と母だ。命があったことを素直にありがたく思う。

アントニエッタはクリストファーロの手を取って両手で握りしめた。

「ありがとう、お兄さま」

これまで父によく似ていると思っていた黒い瞳を、アントニエッタは新たな思いで見あげた。

「お父さまとお母さまを助けてくれて、ありがとう」

クリストファーロの黒い目に、一瞬哀れみとも喜悦とも読み取れない色が流れたがすぐに消える。

「アントニエッタをこの世に生み出してくれた人たちへの、俺の感謝の気持ちだ。礼は要らない。おまえがこれからも俺の側にいてくれればそれでいい」

アントニエッタの手を握りしめて、クリストファーロは微かに笑った。

「本当はこんなことをおまえに聞かせたくはなかった。けれどおまえの愛に罪はないことを教えたかったんだ……許してくれ」

――おまえに罪は似合わない。

クリストファーロの言葉の意味がやっと腑《ふ》に落ちた。

「いいの、お兄さま。どれもこれも、お兄さまのせいじゃない」

口先の慰めではなく、本音でアントニエッタはそう言った。

兄が――本当は兄ではないのだけれど――どれほど父に厳しく育てられたか、誰よりも知っている。

あれは愛情とは言えない厳しさだった。

『ブラボー』になれ。

『ブラボー』でいろ。私の役に立てるように。

口を開けばそれしか言わなかった父にとって、兄は子どもでも人でもなく、必要な道具でしかなかったのだ。

役に立たない道具なら捨てられる。

クリストファーロはこの館に引き取られたときから、ずっとそう悟って生きてきたに違いない。

実の娘であるアントニエッタでさえ、この館の暮らしは楽しいばかりではなかった。クリストファーロがいなければどんな子ども時代を送ることになっていただろうか。想像しただけで怖ろしくなる。

たとえ義務であってもクリストファーロが父と母を助けてくれたことをありがたく思うだけだ。

「お兄さまがいてくれれば、私はそれでいいの。昔も、そしてこれからもお兄さまだけを愛しているわ」

アントニエッタはクリストファーロの目を見つめて、心からそう言った。

7. つかの間の悦楽

午後の日差しを浴びながら、アントニエッタは自室でファルネーゼ家宛ての手紙を整理している。

特に頼まれたわけではないが、ファルネーゼ家当主となったクリストファーロのために、少しでも役に立ちたい。

クリストファーロは何も言わないが、モンベラーノ公国で枢機卿を輩出する名家、スフォルツァ家にあれこれと付け届けをしたり、父に代わって社交の場に顔を出したりと、新しい当主として忙しそうだ。

前当主の父があのような形で失脚したので、クリストファーロもしなくてもいい苦労が多いことは察せられた。

本来ならばファルネーゼ家もバルベリーニ家と同じように崩壊しても仕方がない状況

だった。

だが事態打開のためにクリストファーロが打った電光石火の行動はモンベラーノ公国中の噂になった。

父であり当主でもあるカヴァリエーレ・ファルネーゼの罪状が決まる前に、これまで付き合いのあった貴族たちに素早く当主の交替を知らしめた。

——今後カヴァリエーレ・ファルネーゼは二度とファルネーゼ家に足を踏み入れることはない。君主の僕《しもべ》である貴族たるもの、疑いの目を向けられることはすなわち、不敬である。

そう言って父をためらいもなく切り捨てて、クリストファーロはファルネーゼ家の首を皮一枚で繋いだ。

当主交替においてばらまいた金はモンベラーノ公国中の人間が一年は遊んで暮らせる額だったと秘かに噂されたものの、クリストファーロは見事にやり遂げた。

もっとも噂ではクリストファーロはモンベラーノ公国君主の思し召しが父よりもいいらしく、彼が当主になったことは歓迎されているらしい。金の力とはいうものの、権力も財力もカヴァリエーレが当主だったころと遜色がないように感じる。

「本当に大丈夫なのかしら……お兄さま……いえ、もうお兄さまと呼んではいけないのかしら？」

ずっと兄と信じてきたクリストファーロが、本当は兄ではなかったことを知った日のことを、アントニエッタは何度でも思い返さずにはいられない。

明かされた真実の意味をアントニエッタは何度も考えた。

クリストファーロと血が繋がっていなかったことは、アントニエッタに救いよりも苦しみをもたらした。

彼を愛しても罪ではないという安堵より、父が彼にした非道な行いがアントニエッタを苦しめたのだ。

幼いころから父は理不尽と思える躾を兄にし、完璧であることを要求し続けた。

戻るところもない彼は従うしかなかったのだろう。

自分であることを奪われて他人の人生を引き継いだ彼を思うと、いても立ってもいられない心持ちになる。

「お兄さまをもっと幸せにしてあげたい。今度は私がお兄さまを守るわ」

あれから何度もアントニエッタは口に出してそう誓う。

自分のありったけの愛を彼のために使おうと思った。

これまで愛されなかったぶん、何倍にもして彼を愛で埋め尽くしたい。

手紙を整理する手を止めてクリストファーロを思っていると、扉がノックされ、侍女が来客を告げる。

「どなたかしら？」

「それが……バルベリーニ家にいたチチェリナさまと名乗っています。バルベリーニ家の方はお取り次ぎはできないとお伝えしたのですが、お帰りいただこうにも、アントニエッタさまに取り次がないと大変なことになると言って引き下がりません」

チチェリナの名前はアントニエッタの背筋をぞくっとさせたが、侍女の心底困惑した声にチチェリナの押しの強さを思い出す。

一度こうと決めたら、彼女は自分の意志を通すまで引かないだろう。

「私用の応接間に通してちょうだい。すぐに行くわ」

そう言うとアントニエッタは鏡に向かって、鏝《こて》で艶を出した巻き毛を直し、ふんわりとした若草色のドレスの皺を撫でつけてから部屋をでた。


バルベリーニ家を逃げ出してから三か月ほどしか経っていないのに、もう随分と昔のことのような気がする。

今のアントニエッタにはクリストファーロとの生活を守ることが全てで、両親のことすら頭の中から閉め出していた。

だが応接室の扉を開けて黒い服に身を包んだチチェリナの厳しい顔を見たとたん、一気にバルベリーニ家での様々な出来事が甦ってきた。

最後の夜の辱めを思い出せば怒りで身体がかっと熱くなる。

だがアントニエッタは一切の感情を押し殺して、チチェリナと向き合う。

今更何の用なのかわからないが、彼女の怒りや理不尽な要求に引きずられるのだけはしたくなかった。

入ってきたアントニエッタにチチェリナは一瞬激しい敵意を閃かせたが、見間違いかと思うほどすぐに無表情になって口を開いた。

「お久しぶりです。アントニエッタさま」

「ええ。そうね」

わざわざ会いにきた理由がわからない限り迂闊《うかつ》なことは言えない。アントニエッタは素っ気なく答える。

微かに目を細めてアントニエッタを見据えたチチェリナは、アントニエッタが何も言うつもりがないのがわかったらしく、自分から切り出す。

「バルベリーニ家がどうなったかはお聞き及びのことと存じますが、エミリアーノさまはお元気です、アントニエッタさま」

挑むように鋭い口調だった。

だがバルベリーニ家だけではなく、ファルネーゼ家も同じように大変だったのだ。

第一バルベリーニ家の厄災はアントニエッタのせいではない。

アントニエッタは静かにチチェリナの怒りを受け流した。

「エミリアーノさまがお元気なのは何よりだわ。チチェリナ。でもわざわざそれを伝えにきてくれたの？」

遠回しにもう自分とは関係がないことを匂わせると、チチェリナがかっと目を開いてアントニエッタを睨み付けた。

「随分と冷たいことをおっしゃるのですね、アントニエッタさま。エミリアーノさまはあなたさまの夫ではありませんか。エミリアーノさまの行方も捜さずに、そのような派手な格好で享楽《きょうらく》的にお過ごしとは嘆かわしい限りです」

その言い方にアントニエッタはかっと頬が熱くなる。

自分とエミリアーノの結婚は、家同士の名ばかりの契約だった。夫婦らしい会話どころか、面と向かって話したことすらない。アントニエッタがせめて築こうとしたエミリアーノとの関係に水をさしたのは、チチェリナ自身だ。今更夫だと言われても、納得できるわけがない。

バルベリーニ家が崩壊し、ファルネーゼ家の当主が代替わりした今、エミリアーノとの結婚契約はなくなったと考えるのが当然だ。

アントニエッタはチチェリナに向かって決然と胸を張る。

「エミリアーノさまがご無事なのは良かったと思うわ。でもエミリアーノさまと私の結婚が、バルベリーニ家とファルネーゼ家同士の契約でしかないのは、あなただってわかっているはずでしょう。両家がこんなふうになってしまったのだから、もう利益のない約束など無効よ」

　きっぱりと言い切ったアントニエッタは席を立ち、チチェリナを見下ろした。

「帰ってちょうだい、チチェリナ。もう二度と会うことはないわ」

　だがチチェリナは鋭い目つきで、アントニエッタに向かって歪《いびつ》な笑みを見せた。

「アントニエッタさま、今私とエミリアーノさまは修道院にいます」

　急に変わった話の先が見えなくて、アントニエッタは口を噤む。

　だがチチェリナが元修道女だということは聞き及んでいたので、例の事件のときに伝手を辿ってエミリアーノと二人、修道院に身を寄せたのだろうと納得した。

　黙り込んだアントニエッタに、チチェリナが妙に粘つく口調で話を続ける。

「そこで私が昔お世話になった修道女からおもしろい話を聞きました。アントニエッタさまもきっと興味を持たれること間違いありません」

　思わせぶりな口調にアントニエッタの胸の奥が何故か乱れる。

　これ以上聞いてはいけない気がしてアントニエッタはむりやり視線を逸らした。

「関係ないわ。あなたの話に興味はないの。本当にもう帰ってちょうだい」

だがチチェリナはアントニエッタのドレスの袖をいきなり摑み、中腰になって身を寄せてきた。

「そうおっしゃらずに是非お聞きくださいさい、アントニエッタさま。ファルネーゼ家の新しい当主さまのことですから」

「お兄さまの？」

思わず視線を戻すと、チチェリナが薄ら笑いを浮かべて頷いた。

その瞬間アントニエッタの頭に、クリストファーロが教えてくれた出自の話が過ぎった。

——貧民窟の孤児院で修道女たちに育てられた人間。

まさか、そのことだろうか。

二十年以上も経った今頃になって、クリストファーロがファルネーゼ家に来た経緯が暴かれるものだろうか。

そんなはずはない——と必死に自分に言い聞かせてチチェリナを見返すアントニエッタの希望を彼女は打ち砕く。

「ファルネーゼ家新当主、クリストファーロ・ファルネーゼさまがどぶ鼠と一緒に〝あのような場所〟で幼少期をお育ちになったと知れたら、モンベラーノ公国中が大変な騒ぎになりますね」

「……何を言っているかわからないわ」

心臓が破裂しそうだったが、アントニエッタはなんとか言い返す。だが会話を繋いだために いっそうチチェリナの術中にはまった。

「お顔の色が変わったようにお見受けしますが……では、今私が言ったことをそのままクリストファーロさまにお伝えください、アントニエッタさま」

チチェリナはねっとりとした笑みをアントニエッタに向ける。

「そんな必要はないわ」

「いいえ、おそらくクリストファーロさまは興味を持ってくださると思います」

そう言うとチチェリナは広々した応接室をぐるりと見回す。

「バルベリーニの館ほどではありませんが、ここもなかなか立派ですわね」

満面の笑みをアントニエッタに向けてきた。

「エミリアーノさまのお部屋は日当たりのいい場所にお願いします。それと腕のいい侍医を雇ってくださいませ」

「何を言っているの！　チチェリナ」

「ですから、アントニエッタさまはエミリアーノさまの妻だということです」

「あなたこそ私の話を聞いているの？　バルベリーニ家とファルネーゼ家の縁は切れたのよ。もっとはっきり言うと、お兄さまにとって今のバルベリーニ家と縁を結ぶことは何の得にもならないの。そんなことバルベリーニ家にいたあなたがわからないわけはないでしょう」

声を荒らげたアントニエッタを、チチェリナは小馬鹿にした顔であしらう。

「損得がわかるからこそ、私の言ったことをクリストファーロさまにお伝えいただければ、すぐにエミリアーノさまのお部屋を用意して私たちを迎えてくれるはずです。そうでなければ、私はこの話をいろいろなところでして歩くことになりますから」

「……チチェリナ」

愕然《がくぜん》とするアントニエッタをチチェリナは傲然《ごうぜん》と見つめてきた。

「アントニエッタさまはエミリアーノさまの妻です。早くお子を産んで、バルベリーニ家の再興に力を尽くしていただかないといけません」

チチェリナの顔には勝ち誇った表情が浮かび、アントニエッタからどんな言葉をも奪い取った。


館に戻ったクリストファーロはアントニエッタの顔を見ただけで、何かが起きたことに気がついたらしい。

外套を脱ぐのもそこそこにアントニエッタを自室に連れて行くと、守るように両腕で強く抱きしめた。

「どうした？　何があった？　顔色が悪い」

気遣う声で尋ねられると、アントニエッタはチチェリナのことを隠す気持ちにはなれなかった。

どうしたって自分では解決しきれない問題だし、下手をすればクリストファーロを更に窮地に陥れることになる。

チチェリナが帰ってからずっと続いている興奮と怒りを抑えてアントニエッタは、彼女の脅しと要求を伝えた。

「そうか――迷惑をかけたな、アントニエッタ」

抱きしめていた手を放したクリストファーロは、寝台の上に腰をおろした。

「俺がファルネーゼ家に引き取られたことを知っている人間は修道長たった一人だ。二十年以上経つが、彼女が未だに孤児院の院長なのだろう。あのとき、口止め料も上乗せされたかなりの額を父上からもらっていた。子どもだったが、俺はよく覚えている」

「……では、その修道長が約束を破ってチチェリナに話したのでしょうか？」

「それしか考えられないだろう」

クリストファーロは案外あっさりと認めたが、アントニエッタは怒りがこみ上げてくる。

自分ではどうしようもない運命を生きるしかなかった人間が、それを理由に脅されるなど理不尽すぎる。

「修道長ともあろう方が、人の秘密を口にするなんて、ひどすぎるわ」

「修道長だろうと、司祭だろうと所詮は人間だ。裏切るときは裏切る。金だけで人の口を塞ぐことなど結局はできない」

クリストファーロの唇に何かを悟ったような冷笑が浮かび、アントニエッタの背筋をぞくっとさせた。

不穏な気配に怯えたアントニエッタは、クリストファーロに駆け寄って、足もとに跪《ひざまず》く。

「お兄さま、私がチチェリナと話します」

「何を？」

跪いたアントニエッタの巻き毛を指に搦めながらクリストファーロが聞く。

「……エミリアーノさまを夫にするなんてあり得ません。でもエミリアーノさまのお身体のことは確かにお気の毒で、チチェリナが困っているのもわかるの。だから、療養するところならお世話できるって言っていいかしら？　郊外にあるファルネーゼ家の別荘を一つ使ってもいいでしょう？」

「アントニエッタ、おまえは善人だな」

クリストファーロが少し呆れたように笑う。

「そんなことないわ。私はいつも……ブラヴァじゃなかったもの」

「ファルネーゼ家にとってブラヴァじゃなかったというだけだ。おまえの心根は直向《ひたむ》きで優しい」

温かい眼差しがアントニエッタを包む。

「チチェリナは簡単には引き下がらないだろう」

「でも、チチェリナはただエミリアーノさまが大切なだけなの。今は修道院にいるみたいだから、きちんとエミリアーノさまが療養できる場所と、お医者さまをお世話してあげれば、納得すると思うのよ」

クリストファーロの膝に手をかけて、アントニエッタは真剣に訴える。

「アントニエッタ、おまえが思うほど事は簡単ではない」

長い指がアントニエッタの額を撫でてこめかみの後れ毛を掬う。

「父上がそうだったように、チチェリナも家というものに固執しているんだ」

「家……？」

「そうだ。父上はファルネーゼ家というもののために、おまえもおまえの兄も犠牲にした。チチェリナもまた、バルベリーニ家の再興に命をかけているに違いない。彼女の望みはエミリアーノが心静かに療養できる場所を得ることではなく、エミリアーノがバルベリーニ家の当主になることだ。そのためならどんな手を使ってもかまわないと思っているだろう」

「そんな……」

だがチチェリナの異様な様子を思い返すと、クリストファーロの言うことは間違っていないような気がする。

「お兄さま。じゃあ、どうしたら……」

「おまえは心配するな。チチェリナはおまえが手に負える人間ではない。俺に任せろ」

クリストファーロの言葉に安堵すると同時に、いったい彼は何をするつもりなのかと不安にもなる。

彼には自分にも見せない顔があるような気がする。

それがどんなものかはわからないが、クリストファーロの目が、その底が見えないほど暗くなるのを見るたびに、そんな顔はさせてはならないと思う。

「お兄さま、何か手伝わせて。もともとは私がバルベリーニ家を逃げ出してきたのが原因なのだもの」

「そうだな。では先に礼をもらっておくか」

「お礼?」

「そうだ。おいで」

足もとに跪いていたアントニエッタを、クリストファーロは膝の上に乗せる。

「お兄さま……駄目よ……」

ドレスの裾をあげ膝をまたぐように向かい合わせに抱かれて、アントニエッタは頬が熱くなる。

「駄目だ。礼をもらわないといけない。じゃないとこの先、やる気がでないぞ？」

くすっと笑ったクリストファーロがアントニエッタの首筋に唇を這わせる。

「お兄さま……まだ……明るいわ」

夕陽になるにはまだ少し時間があり、部屋の中に入り込んだ濃い色の光が、隅々までくっきりと見せていた。

「明るいほうがおまえがよく見えて好都合だ」

アントニエッタの恥じらいを楽しむように、クリストファーロは背中に手を回してドレスの紐を緩めた。

館で纏うドレスはふんわりと軽やかで、きついコルセットもつけていない。

背中に交差させていた紐が解かれると、自然と胸元が弛んで、乳房が揺れた。

「……あ……」

思わず胸を押さえようとした手をかいくぐって、クリストファーロがドレスを下着ごと肩からするりと落とす。

「駄目……お兄さま……」

たしなめる声が甘えた声になるのが自分でも恥ずかしい。

「駄目なのか？」

喉の奥で微かに笑ったクリストファーロに、アントニエッタは身体がすぐに熱を持つ。

クリストファーロの指が近づいてくるだけで、肌が些細な空気の動きを察して、乳首が甘く疼いた。

クリストファーロの指が軽く触れただけで、全身が痺れてつま先まで甘い痛みが走る。

「ん――っ」

「もう硬くなっているぞ」

からかう言葉にも、身体はいっそう反応してしまう。

「……いや……」

目を潤ませるアントニエッタにクリストファーロが愛おしげに目を細めた。

「身体は素直なくせに、言うことは我が儘だな、アントニエッタ」

独り言めいた呟きをしながら、指の腹がくにくにと乳首を揉《も》んだ。

「これが好きだろう？　アントニエッタ……もっとしてほしいだろう？」

何度も何度も繰り返し施された愛撫にアントニエッタの身体はすっかり馴染み、今では自分から快楽を引き出す術を覚えてしまった。

クリストファーロの指の動きに合わせて呼吸をすると、感覚が強くなり、吸った息と一緒に快感が全身に行き渡る。

「あ……はぁ……ん――く……」

四肢に伝わる刺激を集めて生み出された快感に、背中が反った。

そんな姿勢をすれば、向かい合わせになっているクリストファーロに、乳房が淫らに突き出ることがわかっていてもこらえられない。

淫らな形で突き出した乳房の先にクリストファーロの唇が触れた。

「あ――や……」

仰け反った乳房を追いかけて、クリストファーロの指先が強く乳房を握った。

「逃げても無駄だ、アントニエッタ。そんなふうに逃げるといっそう愛しやすい」

アントニエッタの意味のない羞恥を笑ったクリストファーロが指の間に尖った乳首をはさみ、乳房と一緒に揉みしだく。

「ん……ぁ……あ……や……お兄さま……」

逃れようのない姿勢で乳房を蹂躙されて、アントニエッタは喉を反らして喘ぐ。

乳房から伝わる刺激は直接下腹へ響き、アントニエッタの花に蜜を集める。

「……や……お兄さま……汚れる……」

脚の間が濡れて下着まで染みていくのを感じている。

膝の上に乗せられた姿勢ではクリストファーロの服まで濡らしそうだった。

「……おろして……ね……お願い……ぁ」

「おろさないよ、今日はこのままだ」

アントニエッタの淫惑を楽しげに眺めてクリストファーロは唇を合わせる。

「っん――」

下唇を吸い上げたクリストファーロの唇はそのまま滑りおりて、アントニエッタの頤《おとがい》を嚙む。

「……ぁ……」

どこに触れられても肌がびりびりと震えた。

アントニエッタの唇を味わいながら、彼の指は乳房への愛撫を続ける。

「お兄さま……ぁ……」

かちかちに硬くなった乳首は痛いほど膨れ、乳房まで凝る。そのぶん柔らかくなった身体の奥の花がじんじんと熱く疼いた。

アントニエッタをさんざん焦らした指が乳房からすーっと滑って、下着の上から内腿を撫でる。

「あ……や……」

指先が触れただけでびくんと身体が小魚みたいに跳ねた。

「下着までぐっしょりだ……アントニエッタ」

「意地悪を言わないで……お兄さまのせいよ」

恥ずかしさのあまり怒って尖らせた唇にクリストファーロはキスをする。

「かわいらしいからいじめたくなる」

「そんなの変——ぁ……あ……っん」

脚の間を行き来する指にアントニエッタの抗いは途中で消える。

敏感になっていた肌は微かな布越しの刺激でも全てを受け止めて、花の奥に刺激を伝えた。乳首への愛撫でぐっしょりとぬかるんでいた蜜口の疼きに、アントニエッタの腰が自然に浮く。

クリストファーロはドロワーズの紐を解き、腰から絹の下穿きをおろした。

「俺の首に摑まって、もっと腰をあげろ。アントニエッタ」

「ん……ぁ」

淫らな命令に逆らえずにアントニエッタが言われたとおりの姿勢を取ると、下穿きがするりと下げられた。

左足に絹の下着を淫らに残したまま、クリストファーロはアントニエッタの花に触れる。

「おまえの赤い花が露《つゆ》に濡れている」

髪の毛と同じ色の薄い下生えを、クリストファーロの指がじれじれとかきあげて、アントニエッタの秘花の有様を言葉にする。

「見ないで……お兄さま……」

だがクリストファーロはアントニエッタの花を光に晒すかのように指先で確かめた。

「……はぁ……」

あまりの恥ずかしさにアントニエッタは気を失ってしまいそうなのに、何故か感覚ばかりが鋭くなる。

クリストファーロの指の動きに、アントニエッタの花は嬉々として露を零した。

楽しむようにゆっくりと秘裂を開き、指先が充血した花弁の内側を擦る。

「……ぁ……はぁ……お兄さま……ぁ」

思わず零した吐息に交じって、淫猥な水音が立つ。

それだけのことなのに身体の奥からまた滴が零れて、クリストファーロの上着の裾を淫らに濡らす。

「……っ」

尻の間まで自分が零す蜜でしたたかに濡れる恥ずかしさを、アントニエッタは必死にこらえる。

「我慢しなくていいのに。我慢して泣きそうなのもかわいいけどな……」

片頬で笑みを作ったクリストファーロが、脚の間で指を動かし始めた。

真っ赤に開いた花弁の内側を爪の先でこすり、すでにふっくらと膨らんでいる花芽を指の腹で押した。

「あ——っ……ぁ」

激しい刺激が脳天まで突き抜けて、仰け反った乳房がふるふると震えた。耐えようとしたあまり悲鳴のような声になったが、声の底にはねっとりした蜜が滲んだ。

短い悲鳴の意味を捉えたクリストファーロが、蜜口から零れる蜜を掬い上げて花芽に擦るように塗りつける。

「あ……ふ……んぁ……」

こらえようと思っても全身を冒してくる甘く鋭い刺激に唇が開いてしまう。

いっそう力の入らなくなった膝では身体を支えられず、クリストファーロの首に腕を搦めた。

甘く苦しいのに、もっと触ってほしくてアントニエッタは自分から腰を浮かせる。

「……お兄さま……もっと強くして……」

アントニエッタの願いに、クリストファーロが指で花びらをねっとりと左右に開いていく。

隠さなければならない場所がとろりと開き、窓からの光にてらてらと輝いているあさましい様《さま》にアントニエッタは目が眩み、身体が蕩けた。

「私……ぁ……いいの……」

――おまえに似て多情なんだろう。おまえの血を引いたからには、猫ではなく男を引きずり込むのも遠い将来ではないだろうな。

甘い熱に蕩ける脳裏に、娘を貶める父の言葉が再び木霊する。

あのときはひどい罵りとしか感じなかったけれど、あれはきっと本当のことだったのだ。

自分は淫らな遊びに夢中になって息子を失った母と同じ女なのだ。

——アントニエッタはあなたにそっくりですわ。

違ったわ、お母さま、私はお母さまにそっくりなのよ——アントニエッタは心の中で呼びかけた。

それでもクリストファーロに愛されることが、罪だとはどうしても思えない。

こんなに気持ちが良くて、幸せなことはアントニエッタの人生にこれまでなかった。

身体の喜びが言葉になると、クリストファーロの指先にいっそう熱が籠もる。

「お兄さま……愛してる……」

「もっと腰をあげて、後ろに突き出せ」

「……はぁ……お兄さま……ん」

言われたとおりに腰をあげてクリストファーロの指を受け入れるように背後に突き出した。

「ブラヴァ、アントニエッタ、いい子だ……」

甘く褒めたクリストファーロの手が背後から回り、尻の間から花に触れた。

「ん——ぁ……」

いつもは窄まっている尻の間を広げられて指が入り込む、味わったことのない感触に稲妻のような鋭い刺激が脳天に向かって走り抜けた。

クリストファーロの指が硬い花芽を摘んだり、花びらを外に開いたりして、さんざんにアントニエッタの秘花を弄ぶ。そのたびに身体の奥から迸るように蜜が流れ落ちた。

「……ぁ……はぁ……く……ふ……っん」

決して他人には見せられない淫らな戯れだけれど、これほどの愉悦はこの世にないような気がする。クリストファーロとすることなら、どれほど淫らでも世間に背いてもかまわない。

「お兄さま……」

本当の兄ではないけれど、アントニエッタにとってクリストファーロは兄だ。

そしてたった一人の愛しい人だ。

「愛しているわ……お兄さまが本当のお兄さままでも私はきっと愛したわ……」

「……アントニエッタ」

クリストファーロの声の震えに、アントニエッタはふっと兄の目を見た。

「おまえと出会えたことが俺の全てだ……」

引きつる笑みを見せたクリストファーロが、何かをこらえるように彼女の肩にその顔を埋める。

「おまえの全てが愛おしい……」

言葉を真実にするようにクリストファーロの指先がアントニエッタの花を滑らかに擦る。

「ん……ぁ……」

彼の指の動きを感じながら、アントニエッタは快楽に溺れるままに腰を突き出し、自分から揺らす。

何度も抱かれて、蕩けるような甘い味を覚えてしまった蜜道が、硬い熱を求めて淫猥な収縮を始めた。

「はぁ……ん……ぁ」

腰に熱が溜まって呻くアントニエッタの蜜口に、クリストファーロがつぷっと指先を入れた。

埋め込まれた異物に一瞬、身体の奥がきゅっと縮んで震えた。

だが雄を求める蜜筒は、クリストファーロの指を淫らに締め付ける。

「……あ……ん……ぁ」

いくら男の指とはいえ、焦らされ続けた蜜口には物足りない。締め付けても嵩《かさ》のない指では蜜壁が虚しく蠢くだけで、いっそう身体の奥が疼く。

「はぁ……ぁ……」

中途半端な刺激に苛立つ蜜口から溢れた蜜が、クリストファーロの手を濡らした。

その手から生まれる熱を求めてアントニエッタは腰を突き出す。

「淫らなおまえはかわいらしいな……どんな罪もおまえの愛らしさの前には無罪になるに違いない」

掠れた声で囁いたクリストファーロが濡れた指を動かしてアントニエッタの蜜襞を擦り始める。

「は――ぁ……お兄さま、もう……」

器用な指の愛撫は逆に虚しく、彼女に甘い苦痛を与え続ける。

絶頂の手前で引いていく波に翻弄されながらアントニエッタは、腰を動かしながらクリストファーロにねだる。

「……もう、お兄さま……ぁ」

「もう、なんだ？　ちゃんと言ってみろ」

アントニエッタの懇願にクリストファーロは目を細めた。

目の前で喘ぐアントニエッタが愛しくてたまらない顔をしながら、どうしてこんなに意地悪なのだろうか。

早くアントニエッタを征服したいという渇望《かつぼう》が黒い目には溢れているのに、彼女を悦楽の手前に留め置いて楽しんでいる。

人は優しいばかりではない。

この人は哀しく歪んでいるのかもしれない――捩れた運命に翻弄され続けた彼は、アントニエッタが本当に自分を求めているのか知りたいのだろうか。

これもまたクリストファーロなのかもしれない。

どんなクリストファーロでもアントニエッタはかまわない。たとえ彼が極悪人でも側を離れるつもりはない。

「お兄さま……ほしいの」

蜜筒でクリストファーロの指を精一杯締め付けながらアントニエッタは訴える。

「お兄さまで私をいっぱいにして……ね……」

彼の黒い目に、肉体の快楽とは別の激しい喜びが流れた。

この人が愛おしい――アントニエッタはその目に心が震える。

どれほど愛に飢えているのだろうか。

心から求められることをどれほど望んでいるのだろうか。

この世に二人だけしかいなくてもかまわないほど、自分はクリストファーロを求めよう。

アントニエッタは瞳を閉じ、クリストファーロのために淫らな言葉を口にする。

「お兄さまがいいわ……私をもっと気持ち良くして……お兄さま以外は要らないわ――」

「アントニエッタ……おまえは……」

まるで泣いているみたいにクリストファーロが呻く。

「お兄さま――して」

直截《ちょくさい》的な言葉を言って熱のある目で見あげた。

「く……っ」

言葉にならない掠れた呻きをあげて、蜜口からクリストファーロは乱暴に指を引き抜いた。

「あ――」

いきなり身体の中を空にされた感覚にアントニエッタの蜜襞がざわめく。

だがクリストファーロは引きちぎるように衣類を寛げた。

押さえつけられていた、硬く立ちあがった雄が露わになる。

「アントニエッタ――摑まれ」

アントニエッタの身体を両手で一度持ち上げたクリストファーロは、己の雄に向かってアントニエッタの身体を乗せて落とした。彼の雄がずぶりとアントニエッタの蜜道に穿ち入れられる。

「あ――ぁ」

いくら解されていても、指とは比べものにならないくらい大きなものを突き入れられた衝撃が全身に響く。

嵩の張り詰めた雄が柔らかい蜜道をぐりっと抉るように入り込む。

「は――ぁっ！　お兄さま……」

目の前が真っ白になる衝撃にアントニエッタは吼《ほ》えるように声をあげる。

「痛いのか？　アントニエッタ」

そう言う彼の声の底には気遣いと同時に、支配の喜びが滲んでいる。

クリストファーロがただの貴族の男ではないことを、アントニエッタは身体で感じる。

「平気よ……お兄さま……はぁ」

上辺だけの取り繕いではなく、アントニエッタはそう答える。

彼から与えられるものは何でもほしい。

怒りであろうと、憎しみであろうと、自分だけがクリストファーロの感情を味わい、独り占めする権利があるはず。

「……いいの……」

アントニエッタは背筋を反らせて、身体の芯を貫く彼の雄を包み込む。

「はぁ……」

広がった嵩がアントニエッタの蜜襞をみちみちと広げて、腹の奥までぴったりと埋めた。

「アントニエッタ……どんなに入り込んでも足りない気がする……おまえが逃げていかないように……俺は……」

硬い雄で縫い止めたアントニエッタをしっかりと抱いて、クリストファーロは彼女の柔らかい耳朶を噛んだ。

「……あ……はぁ」

クリストファーロの微かな動きでも、蜜道を埋めた雄が動いて襞を擦る。

「く……っ……熱い……硬いわ、お兄さま……ぁ」

微かな反動でさえ喘ぎ、仰け反る彼女の身体を強く引き寄せたクリストファーロが、ぐいっと力まかせに腰を突き上げた。

「あ……あ……そんな、急に……駄目……」

繋がった場所から蜜が溢れ出て、二人の膝までねっとりと濡れた。

「駄目じゃないさ……アントニエッタ……」

クリストファーロがいっそう腰を突き上げて、濡れた蜜襞を抉りたてる。

「お兄さま……はぁ……ぁ……」

しっかりと首にしがみついて、アントニエッタは熱く喘いだ。

クリストファーロの鼓動がじかに胸に伝わってくる。

「どこへもいかないわ……お兄さま……私は……はぁ……ずっとお兄さまの側にいるわ……あ……」

言葉に煽られたように彼の律動がいっそう激しくなる。

アントニエッタの身体はクリストファーロの腿の上でしたたかに揺れて、脳髄《のうずい》まで快楽に痺れてくる。

「お兄さま……はぁ……来るわ……」

彼の頬に自分の熱い頬をきつく押しつけて、アントニエッタは膨れ上がる快楽を訴える。

「……アントニエッタ……おまえは俺の救いだ――」

耳元で聞こえる呻きには、喜びよりも胸を抉る哀切な響きがあった。

「お兄さま。もっとお兄さまと一緒になりたい……心も身体も繋がってるって教えて……」

幼いときのように、アントニエッタは彼の黒髪に触れながらねだった。

「アントニエッタ……アントニエッタ……おまえは……変わらないな……」

苦しげに彼女の名を呼びながらクリストファーロはアントニエッタを、狂ったように揺さぶる。

粘つく水音が、互いの喘ぎと交じり合って部屋に淫靡な気配が満ちる。

「……変わらないわ……お兄さま……」

「アントニエッタ……俺のブラヴァ……」

クリストファーロの膝の上で彼の雄に貫かれ、身体の奥まで自由にされているのはアントニエッタだけれど、彼を操っているのはアントニエッタだ。

彼の心にも頭にもアントニエッタのことしかない。

彼はこれからも自分のために生きてくれるだろう。

クリストファーロの心は全て自分のもの——そう思うとアントニエッタの全身を充足感が満たす。

——どうして側にいてくれないの……こんなに愛したのに……どうしていなくなるの？

子どものときからずっと、アントニエッタは片時も離れずに自分を愛してくれる相手がほしかった。

それがクリストファーロだ。

そう思い至った刹那、アントニエッタの身体に肉の欲望を凌《しの》ぐ、烈火のような欲望が噴き上げてきた。

「アントニエッタ——アントニエッタ」

自分の名を呼びながら、己の徴《しるし》を刻むように腰を振り立てるクリストファーロにアントニエッタは陶然とした。

この男は、心から自分を求めている。

アントニエッタの心も身体も貪ってくれている。

身体の奥から悦楽の火で焼かれて、アントニエッタは紅唇を開いて、吐息を零す。

「はぁ……ぁ……」

その息さえ奪うようにクリストファーロが唇を重ねて、舌を吸い上げた。

愛と施しを与えるように彼女はその舌に自分の舌を絡めて、喉の奥まで許す。互いの唾液が喉を伝って、豊かな乳房まで、つーっと滑り落ちる。その温んだ刺激にさえ、肌が粟立った。

「アントニエッタ……俺のアントニエッタ……」

不安定な姿勢で揺れるアントニエッタを片手で抱え、クリストファーロはもう一方の手で零れる乳房を揉みしだいた。

舌を絡みつかせて、つんと尖った乳首を摘んだクリストファーロはアントニエッタの花が爛《ただ》れるほど腰を突き上げた。

アントニエッタはぎゅっと自ら蜜道を締めて、彼の雄を引き絞る。

「……くふっ……」

クリストファーロが罠にはまった獣のような呻きをあげる。

「あぁ……はぁ……」

甘い粘膜の全てで味わう雄はアントニエッタの全身を淫らに蕩けさせる。

この雄を放さない――アントニエッタは蜜口までぎゅうっと締め付けて、襞の全てをクリストファーロの形にした。

抱き合うたびに自分の身体の中に、クリストファーロの細胞が入ってくる。やがて二人は身も心も一つになる。

この人を支配するのは自分。

そして自分を征服するのはクリストファーロだ。

運命の相手だと認めた男に、花の奥から満たされる快楽は凄まじい。アントニエッタは骨まで蕩ける愉悦に全身を痙攣させる。

「お兄さま……動いて……」

もっと激しい悦楽を求めて、アントニエッタは彼にねだる。

「……アントニエッタ……もっともっと締めろ……俺を食いちぎれ——」

掠れた声をあげて、クリストファーロはぎちぎちに締まった蜜道を抉りあげた。

互いの熱が抗うように押し合い、交じり合って、アントニエッタの腹の中で燃え上がった。

「あ——ぁ……来るわ、来るわ——」

身体の奥が不規則に蠕動して、蜜筒が彼の雄を食い締めた。

クリストファーロはこの身体を攫《さら》う悦楽の波を「達《い》く」と教えたけれど、それは違うと何度でも思う。

身体の中から怒濤のように押し寄せるこの波はアントニエッタを人ではなく、獣に変えてしまう波。

その波が来るのは怖いけれど、自分は決して攫われない。

どこにも行かない――この波に乗ったまま、きっと獣として生きていく。

「あ――ぁ――あぁ……う……ぉ……」

ずんとクリストファーロが腰を突き上げたとき、アントニエッタは咆吼に近い喘ぎをあげながら絶頂を迎えた。

「アントニエッタ――く……う……」

身体の中に飛沫を噴き上げた彼の耳元にアントニエッタは囁く。

「永遠に側にいて……お兄さま」

びくんと顔をあげたクリストファーロの黒い目に広がる喜悦の色が、この世のものとは思えない法悦に最後の色づけをした。

「私も永遠にお兄さまの側にいるわ……」

望む愛を手に入れた喜びは身体の愉悦よりも激しく、アントニエッタの心を蕩けさせる。

クリストファーロの雄を埋め込まれた蜜口から、彼が注ぎ込んだ飛沫がとろりと溢れ出る。

「何があっても……側にいて」

うっとりと呟いたアントニエッタの頬にクリストファーロが自分の頬を押し当てた。

「この命がなくなるまで、おまえの側にいる。誰が俺を罰しようとしても生き抜いて、おまえのために生きる」

濡れ掠れた声で立てられた誓いにアントニエッタは、淫蕩に微笑んだ。

8. 血に染まる手

六歳のときにあとにした孤児院に、クリストファーロは二十二年振りに足を踏み入れた。

通された応接室は記憶にあるとおりに陰鬱だった。

色褪せたカーテンも、艶のない床も時が止まったようにそこにあった。

「お待たせいたしました、ファルネーゼ伯爵さま」

軋む扉を開けて入ってきた修道長をクリストファーロはじっと見つめた。

白いベールに包まれて髪の色は見えないが、目尻に刻まれた皺や前に組んだ手の甲に二十二年の年月が刻まれている。

だが二十二年前クリストファーロをカヴァリエーレ・ファルネーゼに引き渡した修道長の顔を忘れるわけはない。

「お久しぶりです。修道長。お元気そうで何よりです」

驚いたようにクリストファーロの顔を見返した修道長がはっと目を見ひらいた。

「思い出していただけましたか？　コージモです」

「あぁ……あ……」

捨てさせられた名前を自分から名乗ったクリストファーロに返事をしかねたのだろう。曖昧に声だけ洩らす修道長にクリストファーロはにこやかに笑いかける。

「もっとも今はクリストファーロ・ファルネーゼ。新しいファルネーゼ家の当主となりました」

「あ……ぁ。そう……ね。……良かったわね……」

もごもごと答える彼女の困惑をクリストファーロは冷静に眺めた。

「……あの、今日はどんなご用……？」

話を進めないクリストファーロの様子にびくびくしながら修道長が上目遣いで尋ねた。

「約束のことです、修道長」

「約束？」

何かを思い出すように彼女は顔をしかめた。

「おや、お忘れですか？　ここを出たとき、私は六歳でしたが、当時のことはよく覚えています。父が何を言ったか、そしてあなたがどう答えたか。今でもはっきりと思い出せます」

「……コージモ……」

とうとうかつての名前を洩らした修道長にクリストファーロは冷笑を浮かべた。

「私を引き取るのにカヴァリエーレ・ファルネーゼは相場以上の金を払い、コージモという存在を永遠に忘れるように言い、あなたは墓に入っても口外しないと誓った。あの日私はコージモの過去を失い、クリストファーロに書き換えられた。あれ以来私はずっとクリストファーロ・ファルネーゼとして生きるしかなかった」

クリストファーロが一歩近づくと修道長が一歩下がる。

「そんなふうに自分ですら忘れてしまった己の過去を、カヴァリエーレ・ファルネーゼが失脚したとたん蒸し返す人間がいるのです。修道長」

ひゅっと息を吸い込んだ修道長の顔色が白くなった。

「本当に困るのですよ。由緒正しいファルネーゼ家の当主が、貧民窟の孤児院出身ではいろいろと支障があることくらい、あなただっておわかりでしょう」

クリストファーロは目を細めて、立ちすくむ彼女に近づく。

「カヴァリエーレ・ファルネーゼがいなくなってもファルネーゼ家がなくなったわけではありません。この先もずっとファルネーゼ家はモンベラーノ公国有数の貴族です。少なくとも私が当主の間は没落させるつもりはありません。たとえば、バルベリーニ家のように
——」

ごくんと喉を上下させた修道長は口を何度か動かしたのち、ようやく声を絞り出した。

「私は……何も……知りません……何のこと……」

　その言葉が全部終わらないうちにクリストファーロは前に進み出て、怯えてどんどん後ずさる彼女を壁際に押しつけた。

「つまらない言い訳は不要ですよ。ファルネーゼ家の者以外で私の過去を知るのはあなた一人。私の秘密を洩らしたのはあなたしかいない」

「……そ、それは、なんというか……あの……」

　両眼を震撼させる彼女にクリストファーロはたたみかける。

「ファルネーゼ家の秘密を洩らしたということは、ファルネーゼ家を敵に回したということです、修道長。その覚悟はおありですね？」

「か、覚悟……？」

「そうです。私の命を救ってくれた孤児院ですが、私の邪魔になるのなら、潰すくらいわけないのです。貴族となった今は慈悲の心などありません」

　囁くクリストファーロに、修道長の顔が恐怖で引きつるが、わななく唇がなんとか言葉を絞り出す。

「……ここにはたくさんの迷い子がいます……ここがなくなれば死ぬしかない子どもたちです……ファルネーゼ伯爵さまも……よくご存じでしょう」

「そうです。よく知っています」

クリストファーロはうっすらと笑ってみせる。

「ですから、私も知恵を絞って考えました。この孤児院を潰さない方法を」

そう言ってクリストファーロは上着の内ポケットから硝子の小瓶を取り出した。

「これをどうぞ、お持ちください」

「こ、これは……何です?」

震えて上手く手が使えない修道長の手を取りクリストファーロは硝子瓶を握らせた。

「カンタレラです」

「カ、カンタレラ?」

ぶるぶると震える両手で小瓶を握りしめて、彼女はクリストファーロを見あげる。

「そうです、鼠殺しですよ」

「ど、毒薬」

「ええ。とてもよく効きます」

真っ青になった彼女の耳元に唇を寄せた。

「これで、鼠を退治してください。そうすれば、この孤児院の存続はお約束しますよ。修道長」

「ね、鼠って……」

声を掠らせる彼女をクリストファーロはくすくす笑いで小馬鹿にする。

「あなたが秘密を洩らした鼠ですよ。私の周りをちょろちょろとうるさくて敵わないのです」

「そんなこと……できるわけが……」

弱々しく首を振る彼女の顔にクリストファーロは顔を近づけて、小動物をいたぶるように息を吹きかけた。

「できるできないではなく、やるしかないのですよ。修道長。鼠が退治できなければ、私がその鼠と一緒にあなたとこの孤児院を葬ります」

「……なんてひどいことを……怖ろしい……」

「人の人生を変えるような秘密を他人に洩らす人間のほうが遙かに怖ろしいと、私は思います。他言はしないという約束を破ったあなたに、すでに神に仕える資格などない。素直に私の言うことを聞いたほうがいい。相手はどうせ他人の汚物を食い荒らすただのどぶ鼠。惜しむことはありません」

「どぶ鼠……」

自分に言い聞かせるように呟く修道長の手をクリストファーロはぐっと握った。

「期限は、そうですね……三日」

白蝋《はくろう》のような顔色で修道長が頷くまでクリストファーロはその顔から目を離さない。

「三日！」

そんなこと……と苦痛に顔を歪める彼女にクリストファーロは顔を近づけて威嚇《いかく》する。

「時間をかけても結論は同じです。それに長くなればなるほど鼠が肥《ふと》ってしまいますから。増えてしまわないとも限りませんし」

「……コージモ……あなた……なんて怖ろしい……」

再びかつての名前で自分を呼ぶ修道長に彼は歪な笑いを浮かべる。

「生まれたときからこんな人間だったわけではありません。私を〝もの〟としか考えなかったファルネーゼ家の人間や、孤児院の存続のために私を高く売ったあなたのような人間が今の私を造ったのですよ」

「……そんな……」

「いえ、恨んでいるわけではありません」

クリストファーロは馬鹿丁寧な口調で言った。

「そのお陰で私は唯一の愛を手に入れましたから」

「愛する人がいるのですか？」

修道長は小さな救いを見つけたような顔になる。

「ええ。愛も人も信じなかった私に彼女は愛を信じさせてくれました。私はこの世でたった一人、彼女を愛しています」

この孤児院にいたときに愛はなかったと言ったも同然だったが、修道長は慈悲深い口調で諭す。

「だったらもういいではありませんか。恨みは何も生み出しません。その方を大切にすることだけに心を遣うのが幸せです」

「そうですね。できることなら私もそうしたいのですよ、修道長」

クリストファーロはあえてにっこりと笑う。

「ですがその愛を守るために戦わなくてはならないのです。ファルネーゼ家の当主が偽者だったと言いふらされては困ります」

「……私が言うのは違うと思われるかもしれませんが、もともとはファルネーゼ家とあなたは縁がなかったのですから、ファルネーゼ家にこだわらなくてもいいのではないかしら……」

遠慮がちながら、自分の意見がまっとうだと思っているのが伝わってくる。

「私がファルネーゼ家に引き取られた経緯をまさかお忘れですか？」

クリストファーロは笑みを消して修道長を見返す。

「カヴァリエーレ・ファルネーゼは自分に何かがあれば、命をかけて家を守ることを私に課しました。ファルネーゼ家に引き取られてからの私は、そういう人間になるためだけに全ての時間を費やしました。あなたが修道女としてしか生きられないように、もう私はファルネーゼ家の跡継ぎとしてしか生きられないのです」

修道長の揺れる視線を逃さずに、クリストファーロは静かに彼女を追い詰める。

「それに私が今の地位を追われれば、たった一人、私に愛をくれた人を幸せにできません」

「……愛は、地位やお金では量れないのよ……」

修道女らしい言い草はクリストファーロの嘲笑を誘うだけだ。

「それは世迷い言です、修道長さま。あなただって私を金で売り渡したではありませんか」

「それは――」

「いいえ、いいのです。金がなくては生きていけない。金がなければ愛などいつか消えてしまう」

クリストファーロは目を細めて彼女を見据える。

「私の育ったこの街がどれほどの地獄かを私は肌で知っている。私はファルネーゼ家を失って、愛する人にこの地獄を味わわせるつもりは毛頭ありません」

淀みのない彼の言葉に修道長の息が荒くなる。

「ですから、その愛を守るために、あなたには責任を取ってくれと、そう言っているだけです。約束を破ったあなたには、その義務があるはずです」

毒薬の小瓶ごとクリストファーロは修道長の手をもう一度強く握る。

「三日後にまた参ります。そのときには吉報をお聞かせください」

「……愛があるのならもうそれで充分でしょう……神さまに背いてはなりません」

唇をわななかせて訴える彼女の言葉にクリストファーロは首を横に振った。

「お言葉ですが私は神を信じておりません。今、私がすべきことは、私に何もしてくれない神を崇めることではなく、この世でたった一つの愛を守るために、鼠を退治することです……私はこの愛のためなら罪を犯すことも、何かの命を屠《ほふ》ることも平気なのです」

「……コージモ……」

「クリストファーロです、修道長。私が今はモンベラーノ公国きっての名家ファルネーゼ家の当主であることをお忘れなく。この孤児院くらいどうこうすることはすぐにでもできるのです」

凍り付いた表情の修道長に、クリストファーロは凄みのある笑みを見せた。


勝算はあったのだ。

三日後、修道長のもとを訪れたとき、クリストファーロは全てが終わっていると思った。彼の秘密を洩らした修道長だが、長いあいだ孤児院を守ってきたことは事実だ。自分の生き甲斐と努力の結実である孤児院を失うことを何よりも怖れるはずだ。

自殺もできず、かといってクリストファーロの脅しを突っぱねることもできず、間違いなく彼が持ち出した条件を呑むはずだ。

——相手はどうせ他人の汚物を食い荒らすただのどぶ鼠。

その言葉に縋るように「どぶ鼠」と呟いた修道長の心の動きは手に取るようにわかった。だからひどく深刻な顔をした若いシスターに「修道長がお待ちになっています」と、彼女の部屋に案内されたときは顔には出さずに驚いた。

粗末な寝台の上に横たわった修道長の顔色は真っ白に透き通り、唇も乾いて色がなかった。胸の上に組んだ手も力なく見えた。

「修道長……」

「怪我をされておりますので、手短にお願いいたします」

「怪我？」

「はい。……腹部を深く……」

案内をしてくれたシスターは言葉を濁したが、クリストファーロは嫌な予感に襲われて入り口で足が止まった。だが弱々しく手招きをした修道長は、その手でシスターに出て行くように合図をする。シスターが一礼をして静かに扉を閉め二人きりになると、修道長は唇を動かした。

「私には上手くできませんでした」

聞き取れないほど掠れた声を聞き取るためにクリストファーロは屈み込んで耳を近づける。

「……どうしても上手くいきませんでした」

浅い息を繰り返して彼女は先を続ける。

「……チチェリナも元は神に仕える身……話せばわかると思っていました」

目をしっかりと開いてクリストファーロを見あげた修道長はどうしても伝えたいことがあるらしく、声に力が宿った。

「たまたま知った秘密で他人を陥れてはいけないと、そう言いました……」

深く息を吸って先を続ける。

「チチェリナがエミリアーノさまを愛するように……クリストファーロさまにも愛する人がいる……邪魔をしてはいけないと……諭しました……」

修道長は胸の上で握った手に力を入れる。

「……あなたはあなたで……エミリアーノさまを大切にして……人の幸せの邪魔をしてはならない……と」

ゆっくりと瞬きをして彼女は時間を置いた。

「ですが……言えば言うほど、彼女は興奮して……いきり立って私を……突き飛ばしました」

「突き飛ばす――ではそのときに怪我を？」

呼吸をするのもやっとの修道長を休ませるように間を取りながら聞き返すと、彼女は瞬きで否定した。

「突き飛ばされた反動で私は……薬瓶を落としてしまい……チチェリナに奪われてしまいました……」

失敗したというのはそういうことか。

人の善意を信じていると、こういうことになる。冷めた気持ちでクリストファーロは修道長を見下ろす。

だが彼が何かを言う前に、修道長はかっと目を見ひらいて屈み込んだクリストファーロの袖を捉えた。

「毒薬を見つけた彼女の怒りと興奮振りに……エミリアーノさまが発作を起こしてしまいました……それで……」

「医者が間に合わなかったのですか?」

修道長の様子にクリストファーロは先を読んだ。

「……ええ……そうです……」

力なく手を胸の上に落とし目を閉じて修道長は祈りの言葉を呟き、また目を開ける。

「チチェリナは半狂乱になって……もう……何を言っても耳に入らないようでした……」

それはそうだろうと、クリストファーロも思わざるを得ない。

アントニエッタにエミリアーノの子を産ませ、バルベリーニ家を再興するという妄執を抱くほどだ。

　自分の全てだったエミリアーノを失った彼女の気持ちは想像にかたくない。

　クリストファーロは枕元に置かれていた水差しで手巾を濡らして、修道長のひび割れた唇を潤す。

「あ、ありがとう……。エミリアーノさまはチチェリナの命です……エミリアーノさまを失ったということは彼女もまた……死んだのです」

「彼女は死んだのか？」

　耳元で尋ねると修道長の頬がぴくぴくと引きつる。

「……魂は……死にました」

「どういうことだ？」

　話すのがやっとなのはわかるが、問いたださずにはいられない。

　自分が仕掛けた罠の結果を見ずに逃げ出すくらいならば、最初から仕掛けなければいいのだ。

　クリストファーロは答えを待って、彼女の唇をじっと見つめた。

「……守る者がいなくなった人間は……なんでもします……もう人ではありません……」

　修道長はなんとか手を伸ばして、クリストファーロの手を摑んだ。

「……激昂したチチェリナは……短剣で……私を――」

「怪我というのは、チチェリナに刺されたのですか！」

答えを聞くより先にかかっていた薄い羽根布団を、クリストファーロは捲り上げた。

「……う……っ」

呻いた彼女の衣の腹部に血が滲んでいる。

苦しげではあったが、すでに覚悟を決めたように彼女の眼差しには濁《にご》りがない。

「……傷が深く……私は……もう長くありません……」

「……これでいいのです……あなたの秘密を洩らし……あまつさえ……人を殺めようとまでした私は生きて……いても仕方がありません……神に許しを請いに……参ります……」

クリストファーロは布団を元に戻して、修道長の手を胸の上に重ねた。

エミリアーノを失えばバルベリーニ家再興というチチェリナの抱く夢は潰える。

片がついた――とクリストファーロは冷静に考える。

この結果は自分が招いたことだが、詫びるつもりもなければ、感謝するつもりもない。

この孤児院で育ち、ファルネーゼ家のものになったときから、他人に期待することも感謝することもやめた。

クリストファーロの感情を動かすのはアントニエッタだけだ。アントニエッタ以外の人間に向ける思いは何もない。

「……お願いが……あるわ……」

不意に修道長はクリストファーロがコージモだったころのような口調になった。

「何でしょうか？」

必ずやるとは言わないが、聞いてやるくらいはできる。クリストファーロは耳を修道長の唇に近づけた。

「……チチェリナを止めて……」

「止める？　何のことですか？」

「……彼女は……あなたが愛して……知っていると……」

「わかるように話してください。修道長！」

不意に起きた胸騒ぎに煽られて声が大きくなった。

「チチェリナが何を知っているというのですか！」

「……あなたが……愛している人を……知っていると……そう言ったわ……」

「まさか！」

思わず叫んだクリストファーロに、修道長は乾いた唇をもどかしげに動かす。

「バルベリーニ家にいたとき……あなたは……何度も手紙を書き……会いに来たと……そう言っていたわ……」

「まさか……あのころの……」

同じ言葉を、今度は考え込むように呟く。

確かに自分は何度もアントニエッタの様子を知ろうとしたが、会うことは叶わなかった。どんな理由を付けられてバルベリーニ家から門前払いを食わされても、諦めずに手を尽くした。

あれがチチェリナの疑惑に答えを与えたのか。

足もとから言い知れない不安が立ちのぼってくるクリストファーロに修道長は追い打ちをかける。

「……絶望した人間は……怖ろしいことをする……チチェリナは復讐……する……もう人ではないの……どうか止めて――」

言葉を吐くのと同時に瞼を閉じた修道長の手から力が抜ける。

だがクリストファーロはそれよりも、彼女の言った言葉に全身を打たれた。

――人ではない……止めて。

「アントニエッタ――！」

命の火が消えかけている修道長のために祈ることもせず、クリストファーロは部屋を飛び出した。

「修道長を頼む！」

駆け寄ってきたシスターにそれだけを言い捨てて、孤児院を飛び出したクリストファーロは馬に飛び乗り、一目散にファルネーゼの館を目指した。

＊　＊　＊　＊

——俺にまかせろ。アントニエッタは何も心配しなくていい。

そう言ってくれたクリストファーロを信じてはいるが、正直、いても立ってもいられないまま、すでに三日が経った。

この不安はいつまで続くのだろうか。

チチェリナが抱くエミリアーノとバルベリーニ家の存続への願いは、常軌を逸している。

クリストファーロの秘密を種にしてこちらを脅してくる目には狂気が宿っていた。

兄がチチェリナをどうやって説得するのかわからないが、彼女が簡単に引き下がるとは思えない。

「お兄さま……ごめんなさい」

自分がバルベリーニ家を逃げ出さなければ、こんなことにはならなかったのではないだろうか。

やはりバルベリーニ家の崩壊とファルネーゼ家の混乱は自分が招いたことのような気がしてくる。

血の繋がりはないとはいえ、クリストファーロと自分の関係は決して誰も許してはくれないだろう。

——気味の悪い子。

——淫乱。

——ブラヴァじゃない！

アントニエッタは母と父が言ったことは本当のことだったという気持ちに苛《さいな》まれた。

だが彼女の心配をよそに、何か策がある顔をしてクリストファーロは、早朝にでかけて行った。

「今度こそ私がお兄さまを守ると決めたのに、またお兄さまに迷惑をかけているわ……チチェリナとエミリアーノさまのことは私のせいなのに」

何を呟いても最後は深いため息になる。

今日もクリストファーロは帰りが遅いのだろうかと、鬱々としていたアントニエッタの耳に廊下から争う物音が聞こえてきた。

「許可を得ずに中に入れるわけにはいきません！」

「お客さま、勝手に入らないでください。そこはアントニエッタさまのお部屋です！」

「誰か、人を呼んで！」

侍女たちの慌てた声にアントニエッタが立ちあがったとき、部屋の扉が思い切り開いた。

「アントニエッタさま、二人きりでお話があります」

「チチェリナ……」

取り次ぎも頼まず、侍女たちの制止を振り切ってきた勢いに反してまったく抑揚のない口調が不気味だった。黒いフード付きの外套ですっぽりと全身を覆った身なりも普通ではない。真っ白な顔色にぎらつく目が異様な雰囲気だ。

尋常ではない彼女の様子に怯んだが、これ以上誰かに迷惑をかけるわけにはいかないという気持ちが勝った。

もし彼女が感情に任せてクリストファーロの秘密を口にでもしたら大変なことになる。

「話があるのなら入りなさい。でもここはファルネーゼ家の館で、私の部屋よ。静かに話せないなら人を呼んで、あなたを摘みだすわ」

その言葉にも特別な反応をせず、チチェリナがゆっくりと部屋の中に入った。

アントニエッタが廊下から覗き込む侍女たちに頷くと、一礼をした彼女たちは部屋の扉を閉めた。

足音が遠ざかるのを待ってから、アントニエッタは自分のすぐ前に立ったチチェリナを見あげた。

「話って何かしら？」

この間のことをまた持ち出されたら何と答えようかと、落ち着いた振りをしながらもアントニエッタの胸は早鐘を打つ。

クリストファーロがどんな手を打っているのかわからないのに、迂闊なことは言えない。

だがアントニエッタのさぐるような問いかけに、抑揚のない口調が答える。

「死にましたわ、アントニエッタさま」

意味がわからず無言で見返したアントニエッタに、チチェリナのぎらつく目がかっと吊り上がった。

「エミリアーノさまは殺されました」

「え？」

驚くアントニエッタに、チチェリナは冷たく凄みのある笑いを浮かべる。

「発作を起こしてしまい、医者も間に合いませんでした。あなたのせいです」

自分のせいだとは思わないけれど、エミリアーノが命を落としたことには驚く。

チチェリナは全身全霊で尽くしていたが、それでもままならない身体はつらかっただろう。元気であれば、やりたいことも夢もあったはずなのに、豪華な檻に入れられて無表情で過ごすしかなかったエミリアーノの短い生涯を、アントニエッタは今更ながら可哀想だと思った。

「……そう、エミリアーノさまのことはお悔やみ申し上げます。でもそれと私は何も関係ないわ。言いがかりはやめてちょうだい」

チチェリナの常軌を逸した怒りに引きずられないように、アントニエッタはきっぱりと答える。

だが彼女はアントニエッタの言うことなどまるで耳に入っていない顔で、詰め寄ってきた。

「あなたは怖ろしい女ですね、アントニエッタさま。あなたがお兄さまを使って、エミリアーノさまを殺すようにしむけたのです」

外套の中から片手を出して、チチェリナは小さな硝子の小瓶を見せた。

「カンタレラという、名前を聞いただけで、誰もが震え上がるような毒薬です」

「そんなのは知らないわ」

否定はしたものの、兄が「任せておけ」と言った言葉が甦って、アントニエッタの全身に嫌な予感が広がる。

「この毒薬でエミリアーノさまを殺すように、あなたのお兄さまが命じたのです。しかも昔、ご自分が世話になった孤児院の修道長にやらせようとしたのですよ。さすがに娼婦を母親に持って貧民窟でお育ちになった方だけありますわ。本当に怖ろしい方です」

「そんな……まさか……」

アントニエッタは自分でも声が弱々しくなるのを感じた。

チチェリナの言葉が単なる罵倒ではなく、その奥に真実の響きがあるのを聞き逃すことはできなかった。

それでも認めるわけにはいかず、アントニエッタは必死にチチェリナの視線を跳ね返す。

「あなたが何を言おうと、私はお兄さまを信じているわ。あなたの勝手な話を聞く必要などありません」

言い切ろうとした声が震えると、チチェリナの唇が皮肉げに歪む。

「ご両親を陥れられてもそんなことが言えるのですか？　アントニエッタさま」

「……どういうこと？」

聞き捨てならない言葉に、思わずアントニエッタは聞き返す。

「ファルネーゼ家前当主のカヴァリエーレさまは、モンベラーノ公国が禁止した毒薬を持っていたかどで罪に問われましたが、その毒薬というのはお兄さまが修道長に渡したこのカンタレラなのです」

チチェリナが思わせぶりに硝子瓶を振ってみせる。

「禁制の猛毒カンタレラを手に入れられる人間はそういません。つまりあなたのお兄さまはそれができる人間ということです」

「……そんなの……あなたの思い込みにすぎないわ」

「そうでしょうか？　私はそう思いません」

ゆっくりと前に出たチチェリナは硬直するアントニエッタの手に小瓶を握らせた。

「あなたのお兄さまは怖ろしい人です。自分に都合の悪い人間はどんな手を使っても排除する。育ててくれた修道長も、貴族の地位を与えてくれたファルネーゼ夫妻も平気で陥れました。おそらくバルベリーニ家当主も、クリストファーロさまの企みでその地位を追われたのでしょう」

「それこそ濡れ衣だわ！　どうしてお兄さまがバルベリーニ家を陥れる必要があるというの！」

小瓶を握ったままアントニエッタは言い返した。

だが自分にとって都合のいいときに起きた一連の事件に、疑問を抱いたことは否定できない。

けれどクリストファーロの言葉に縋って、自分の疑惑を打ち消した。

「いいえ、濡れ衣でも私の思い過ごしでもありません。クリストファーロさまは自分の欲望を満たすためには何でもするのです」

「欲望を満たす……って……」

あまりに確信ありげなチチェリナに気圧されてアントニエッタは引きずられる。

「所詮、卑しい人間はどんなに鍍金を施そうともその根は腐っているのです。クリストファーロ・ファルネーゼ伯爵は自分のほしいものを手に入れるために、父と母を地獄に堕とし、バルベリーニ家を崩壊させました」

チチェリナはアントニエッタに顔を近づけた。

「アントニエッタさま。あなたのためです」

仰け反ったぶんだけまたチチェリナは顔を寄せてきて、更に言う。

「あなたのお兄さまは、あなたを手に入れるために、二つの家を崩壊させたのです。本当に怖い方」

チチェリナが、にたぁと不気味な笑みを浮かべた。

「アントニエッタさまがバルベリーニ家にいるときも何度も何度も訪ねてきたり、手紙を出してきたり。それは兄妹の情愛を越えていました。どことなく淫らな気配をさせて気味が悪いと感じました……今となればその理由はわかりましたけれど、兄と妹で育っておいて畜生さながらですね、アントニエッタさま」

「……チチェリナ……」

あからさまな言い方にアントニエッタはすぐには反論できない。

チチェリナは舌なめずりをしそうな顔でアントニエッタをじわじわと追い詰める。

「あなたとお兄さまは人の世に生きていてはならない獣です」

奇妙にゆったりした動きで、彼女は外套から右手を出す。

その手には血まみれの短剣が握られていた。

「チチェリナ！」

仰け反るアントニエッタの喉に彼女は短剣を突きつけて、うっすらと笑う。

「エミリアーノさまは私の命でした。あなたのお兄さまにも同じ気持ちを味わっていただきます」

血まみれの短剣がアントニエッタの喉笛を狙う。

「アントニエッタさま、カンタレラを飲むのと、この短剣で喉を突き破られるのと、どちらがお望みですか」

「……チチェリナ……」

逃れようのない選択にアントニエッタは乾いた唇を動かすのが精一杯だ。

「時間をかけても私の気持ちは変わりませんよ。一人殺すも二人殺すも変わりませんから」

「……殺すって……あなた、まさか……この短剣の血は誰かを……」

喉元にある短剣を染めた血の意味を尋ねるアントニエッタに、チチェリナは嘲る顔をする。

「私を裏切った修道長を神の御許へ送っただけです。裏切りを許せるのは神だけですから」

「……あなた……正気じゃないわ……」

だがぎらつく目でチチェリナはアントニエッタを見据えて、微かに笑う。

「私はあなたのお兄さまと同じことをしているだけです。あなたのお兄さまは何人も陥れて、最後はエミリアーノさまの命まで奪ったのです。そのお兄さまのことは責めずに、私を責めるのはおかしいですよ、アントニエッタさま」

「お兄さまは――」

そんな人ではない、とアントニエッタは言い切れなかった。

彼女の言っていることが的を射ているのを感じて、心の奥底が疼く。

アントニエッタとクリストファーロの障害は次々にいなくなる――ファルネーゼ家とそこに暮らす人間を支配していた父も、自分だけが大切だった愛情の薄い母も今は目の前から姿を消し、バルベリーニ家はエミリアーノごと消えてしまった。

――俺に任せておけ。

クリストファーロ・ファルネーゼは怖ろしい人間――けれど、自分は彼を憎みも恨みもできない。

それどころか、心から愛している。

幼いころから愛のないこの館で、彼だけが自分を愛してくれた。

そして自分だけが彼の孤独を知っている。

生まれたときすでに愛に見放され、自分という者を奪われて別人として生きるしかなかった彼を理解できるのは自分だけだ。

クリストファーロがどんな人間であろうと、何をしようと、アントニエッタの気持ちは揺るがない。

　誰が何を言おうと、彼を愛し、彼を守る。

　アントニエッタは自分を励ましてチチェリナを見返した。

「お兄さまがどんな人であろうと、私は何も変わらないわ。この世で一番大切な人よ」

「結構ですわね、アントニエッタさま」

　チチェリナが何故か満足げな笑みを顔中に広げた。

「大切な人を奪われる気持ち、愛しい人を残していく気持ち、両方の思いで苦しんでくださいませ」

　毒薬を握らせたアントニエッタの手にチチェリナは爪を立てた。

「お飲みくださいい、アントニエッタさま」

「やめて――」

　押し返そうとしてもチチェリナは全身でのしかかってくる。下手に動くと喉に突きつけられた短剣が刺さりそうで、アントニエッタはひたすら仰け反ることしかできない。

　こちらに向かってくる足音が聞こえたような気がしたが、耳には自分の鼓動ばかりが強く響いて、それが空耳なのか本当なのかはわからない。

「せっかくあなたのお兄さまが用意した毒なのに、飲んで差し上げないとは薄情な方。仕方がありません、私が片をつけてあげます。覚悟してください、アントニエッタさま」

充血した目を見ひらいてチチェリナが短剣を振り上げたとき、扉が勢いよく開いた。

「アントニエッタ！」

振り返ったチチェリナの手に握られた短剣と、仰け反るアントニエッタに窮状を察したクリストファーロが腰の剣に手をかけた。

だがチチェリナはそれより早く、アントニエッタのほうに向き直った。

「愛しい者を目の前で奪われる気持ちを味わうといいわ！」

そう言ったチチェリナが短剣を振り下ろした。

だが一度振り向いたせいで狙いが外れ、短剣はアントニエッタの喉ではなく肩を掠めて椅子の背に刺さった。

「アントニエッタ！」

剣を手に飛びかかってきたクリストファーロに、チチェリナはアントニエッタの手からむしりとった毒薬を投げつけた。

「危ない！　逃げろ！　アントニエッタ」

「お兄さま！」

顔の辺りに飛んできた硝子瓶をクリストファーロが手で払ったときに剣の刃が硝子を砕き、瓶の中身が彼の身体に降りかかった。

床に膝をついたクリストファーロは剣を投げ出して顔を覆った。

「そのまま皮膚を通してカンタレラが腸《はらわた》を冒し、苦しめばいい。自分が調達した毒で死ねるなら本望でしょう。偽者に相応しい最期ですね、クリストファーロ・ファルネーゼ」

チチェリナが拍子外れの笑い声を立てる。

アントニエッタは飾り棚の大きな花瓶を抱えるとチチェリナを突き飛ばすようにしてクリストファーロの傍らに急いだ。

「お兄さま！　水を」

精一杯の力でアントニエッタはクリストファーロの頭上で花瓶を逆さまにした。

薔薇や百合と一緒に、水が彼の頭から身体へと流れ落ちる。

「……大丈夫だ……目にさえ入らなければ……」

滴る水を拭うクリストファーロに手を貸そうとしたとき、短剣を手にしたチチェリナが視界に飛び込んできた。

両手で振りかざした短剣と彼女の視線は、明らかにクリストファーロを狙っていた。

「お兄さま！」

屈み込んでいたアントニエッタはそのままクリストファーロを抱きしめた。

今の体勢でクリストファーロを守るにはそれしか方法がない。

自分が彼の楯になることにアントニエッタは何のためらいもなかった。

「アントニエッタ！　よせ、離れろ！」

辛うじて視界が開けてきたクリストファーロが、短剣を突き立てようとするチチェリナの姿を認めて叫ぶ。

「やめろ！　アントニエッタ！　チチェリナ！」

「お兄さま――!!」

まだ身体を動かすことのできないクリストファーロを抱きしめて、アントニエッタは叫ぶ。

「死ね！　死ね！　みんな死ね！」

獣のような叫びと同時にアントニエッタは背中に短剣が突き刺さるのを感じた。

痛みよりも衝撃でアントニエッタは声さえ出ない。

「アントニエッタ！」

絶叫するクリストファーロが剣を拾おうとするが、まだぶれる視界に手が泳ぐ。

「……お兄さま……」

背中の痛みよりもクリストファーロを守らなければならないという気持ちがアントニエッタを突き動かす。

手を伸ばして彼よりも先に剣を拾ったアントニエッタは、振り向きざまチチェリナに向かって闇雲に剣を突き出した。

「――う……」

剣が何かにずぶりと力加減もなく突き刺さる感触があり、目の前にチチェリナが崩れ落ちていく。

「……アントニエッタ……さま……まさかあなたに……こんなことができるはずが……」

鉤型《かぎ》に曲がった指がアントニエッタに向かってきたが、届く前にがたんと音をたてて床に落ちた。

「アントニエッタ、見るな！」

クリストファーロがアントニエッタを胸に強く抱く。

「私——チチェリナを——」

自分のした怖ろしい事実が信じられず、クリストファーロの胸の中でアントニエッタは自ら意識を手放した。

9. 二人だけの愛の形

瞼を開けたアントニエッタの目に花の絵を描いた天井が飛び込んできた。

天井の美しい絵は、モンベラーノ公国一と言われる工房の絵師たちを呼んで、クリストファーロが最近描かせたもので、真新しくつやつやとして瑞々しい。

「起きたのか」

よほどのことがない限りいつも側にいるクリストファーロが、アントニエッタの目覚めにすぐに気がついて顔を覗き込む。

「気分はどうだ？」

「大丈夫……大丈夫よ」

自分に言い聞かせるように答えて、アントニエッタはクリストファーロに手を伸ばした。

「お兄さまは？」

「ああ、俺は平気だ」

そう言ってアントニエッタの手を握ったクリストファーロは、確かめるように彼女の頬に自分の頬を押し当てる。

「熱はないな」

ほっとした声にアントニエッタは頷いた。

チチェリナがファルネーゼ家で悪夢を描きだしたあの日以来、クリストファーロはアントニエッタの側を離れない。

チチェリナはアントニエッタの手で命を落とした。だがアントニエッタが床についている間に、クリストファーロが力と金を駆使して真実をねじ曲げた。

禁断のカンタレラを所有し、ファルネーゼ家の当主暗殺を企て、あげくの果てにアントニエッタを傷つけた罪を全て抱えさせられて、チチェリナは有罪になった。

死した者は弁解することも、訴えることもできない。

アントニエッタの傷が癒えるころには、チチェリナのこともエミリアーノのことも、すでに過去のことになっていた。

だがさすがにアントニエッタの中では全てが過去になることはない。あったとしても長い時間がかかるだろう。

それでもクリストファーロと二人きりでいるととても静かで、本当に世界にクリストファーロと自分しかいないような気持ちになる。

「静かね、お兄さま」

「ああ……そうだな」

アントニエッタの髪を撫でながらクリストファーロは微笑んだ。

「寂しくないの？」

思わず尋ねると、彼が少しだけ目をみはる。

「おまえといるのにどうして寂しいんだ？　おまえは寂しいのか？」

「いいえ、お兄さま。寂しくないわ。お兄さまがいるもの」

同じように答えると彼の笑みが深くなる。

人の道を外れ、罪を犯しても、クリストファーロがいればいい。

自分にはもう神もいない。

罪を償うつもりもなく、血の繋がりはないとはいえ兄と呼ぶ人と、愛を交している自分を神は見捨てただろう。自分の願いはクリストファーロを守ることだけだったから、それが叶えばそれでいい。

自分もクリストファーロも、もうブラヴァやブラボーどころか、まっとうな人ではない。

「いいの……それでもいいの……」

胸の中の問いに自分で答えたアントニエッタにクリストファーロは何も言わなかった。

ただアントニエッタの髪を撫でて、話の続きのように明るく言う。

「少し庭を散歩しよう」

返事を待たずにクリストファーロはアントニエッタをブランケットごと横抱きに抱え上げる。

彼の腕からアントニエッタの両足がだらりと下がった。

「痛くないか？」

クリストファーロが柔らかいブランケットで足を覆った。

チチェリナがアントニエッタに突き立てた短刀は命までは奪わなかったが、彼女の自由を奪った。

背中の傷が癒えても、彼女は歩くことができなかった。

クリストファーロがモンベラーノ公国中の医者を当たり、他国で評判の名医にまで診せたが、未だに歩くことは叶っていない。

――心の病ですな。

難しい顔をした医者がとうとうそう結論づけた。

――痛覚もあり、指も動かせるのに歩くことだけができないというのは、心が歩くことを欲していないからです。

クリストファーロは信じられないという顔をしていたが、アントニエッタは自分でも気づかなかった心の内を知らされた気がした。

たとえ兄を守るためであっても、チチェリナが悪人であっても、人の命を奪ったことは事実だ。その罰を無意識のうちに自分に課しているのかもしれない。

「痛くないわ」

アントニエッタは兄の問いかけに静かに答える。

つま先から這いのぼってくる心まで疼くような感覚は、チチェリナがアントニエッタに最期に残した恨みかもしれないと思えば、耐えるのが自分の義務だ。

「……いいの、これで……」

「そうか……」

アントニエッタの曖昧な言葉の意味をクリストファーロは深く尋ねようとしない。

彼が側にいてくれるだけでアントニエッタは、ともすれば乱れそうな心が穏やかになった。

彼女を腕に軽々と抱いたまま、クリストファーロは広々とした庭を歩いた。

「昔もこうやって一緒に歩いた」

彼女の返事を待っているわけではないらしく、彼は話を続ける。

「おまえは俺と散歩したがって小間使いを困らせたな……いつだっておまえは自分のしたいことを優先させる人間だった」

「……」

懐かしげな口調に、自分がクリストファーロを求めた日々が奔流のように甦ってくる。

肌や髪の手入れをする小間使いに逆らったこと。

父の愛人の尻ぬぐいをしに行く彼を、感情も露わにして罵ったこと。

雨の中で戻らない彼を待って肺炎を起こし、自分の気の済むまで看病させたこと。

——自分のしたいことを優先させる。

その言葉を反芻した瞬間、身体の中からぞくぞくとした熱がこみ上げてきた。

こんなふうになったのは全て自分の欲望が招いた結果に思える。

父と母がいなくなったことも、バルベリーニ家が崩壊したことも、エミリアーノが命を落としチチェリナがああなってしまったことも、全ての罪は自分にある。

「——お兄さま——私、寒い」

短く呟くとクリストファーロがぐっと抱きしめて、「戻ろう」と部屋に向かう。

寝台にそっとおろされたアントニエッタは、クリストファーロの首に腕を搦めたまた彼を見あげる。

「熱い……助けて、お兄さま」

「……熱い？　熱があるのか？」

さっきと正反対のことを言うアントニエッタを咎めもせずに、クリストファーロは額に自分の額をつけて、熱を確かめた。

「……熱はないな……汗をかいたのか。拭こうか」

湯を用意させたクリストファーロは、侍女を下がらせてからアントニエッタの寝間着を脱がせて、その身体を清め始める。

柔らかい絹を湯に浸しては、白い肌を丁寧に拭う。

寝台の横に跪き、アントニエッタの足に触れたクリストファーロはその指の間まで丁寧に拭く。

「アントニエッタ……」

クリストファーロがアントニエッタの動かないふくらはぎに唇を当てて、頬をすり寄せた。

「おまえが俺を救ってくれた。俺は一生おまえの足になる」

「お兄さま……」

彼が唇を当てた場所から、甘く激しい熱が身体中に広がる気がする。

自分がクリストファーロのものということは、クリストファーロが自分のものなのだ。

クリストファーロが自分の足になるということは、自分とクリストファーロはもう一体なのだ。一生離れることはない。

その事実の重さに身体が震えて、アントニエッタは腹の奥が熱くなる。

やはりこの人がほしい。どんな罪を犯しても、この人だけがほしい。

クリストファーロが命をかけて自分を愛し尽くすのを味わいたい。

アントニエッタの中に生々しい愉悦がこみ上げた。

「じゃあ布じゃなくて……お兄さまが自分できれいにして……私の身体はお兄さまの身体よ」

肌の薄い内腿を拭い始めたクリストファーロに訴えると、彼は一瞬驚いたように手を止めたが、無言のままアントニエッタの内腿を左右にそっと開いて、脚の間に顔を伏せた。

尖らせた舌先が内腿の付け根を清めるように這う。

ねっとりとした動きで舌先が付け根を上から下まで舐めて、小さな尻の間までさぐる。

「ん……」

つきんとした痛みに似た甘さに唇から思わず声が零れた。

クリストファーロはその声を掬い上げるように、ひっそりと閉じた秘裂を舌で開く。

「……ふ……」

覚えのある感覚にアントニエッタは小さく呻き、クリストファーロの頭に手のひらを当てた。

彼の黒髪に触れるときはいつも、彼が自分の罪を許してくれるような気持ちになる。

舌先が開いた花弁の間をゆっくりと味わうように舐める。

下腹が痺れて温かくなり、蜜口が濡れた。

花弁を舐めていた舌は生きものめいた動きで、小さな花芽を捉える。

「ん……」

舌の動きに合わせて細く息を吐くと、自分のそこがつんと硬くなるのがわかった。

「……もっと、して」

この先ずっとクリストファーロは自分のものだから、何を求めてもいいはずだ。

自分の身体はクリストファーロの身体も同然だ。何をどうしてほしいか、彼だけが知っている。

もう恥じらいもためらいも要らない。

神からも見放された、人でなしの自分たちの居場所を作れるのは自分たちだけだ。

クリストファーロと共にどこまでも堕ちて、この世の愉悦を貪ればいい。

「もっと強く舐めて、お兄さま」

クリストファーロの髪を強く引くと、舌先が花芽を押し潰す。きゅっと胸の辺りまで甘い刺激が走り抜けた。

「ん……ぁ……いいわ……もっと」

アントニエッタの求めに従ってクリストファーロが花芽を軽く歯で噛んだ。

「あ……ん」

軽く仰け反ったアントニエッタの乳房を、下から伸びてきたクリストファーロの手が摑んだ。

その手に添わせるように胸を突き出しながらアントニエッタは目を閉じ、自分の女の場所から伝わってくる快感を味わう。

膨らんだ花芽をクリストファーロはきゅっと嚙んだり、強く吸い上げたりして、刺激の色合いを変えた。

それでも満足せずにアントニエッタは彼の髪に指を搦めて、クリストファーロの耳の中に指を入れた。

「足りないわ、お兄さま、それじゃだめなの」

微かに頷いたクリストファーロが、乳房から戻した指をアントニエッタの蜜口に差し入れる。

「……ん……ふ……ぁ」

花芽を舐められながら蜜筒を緩く搔き回される、ねっとりした心地よさをしばらく味わう。

自分のねだるままに何でもしてくれるクリストファーロが、心底愛おしい。

この人と法悦を味わえるなら、この世の決め事などどうでもいい。むしろ邪魔だった。

アントニエッタは、彼の髪に指を搦めてさらに淫らに訴える。

「もっとよ、お兄さま、たくさん……感じたいの」

アントニエッタの淫らな願いにふっと顔をあげたクリストファーロが、彼女の蜜で濡れた唇で微かに笑う。

「やっとおまえらしくなったな、アントニエッタ。我が儘で相手の全てをほしがる。おまえは愛がなくては生きられない女だ」

クリストファーロはアントニエッタの手を取ると、彼女自身の乳房に当てさせる。

「いつも俺がしてやっているように、自分でしてみろ……いいことが起きる」

喉で密やかで淫らな笑いを立てて、クリストファーロが唆す。

黒い目に浮かぶ共犯の光に魅入られたように、アントニエッタは両手で自分の乳房を摑んだ。

「そうじゃないだろう、アントニエッタ。手のひらで乳首を撫でるんだ」

「ん――っ」

浅ましい命令など聞く必要はないはずだ。けれど何故かクリストファーロの言葉に従って手が動く。

この男だけが、アントニエッタの何もかもを知っているのだ。言うとおりにすればきっと『ブラヴァ』になれる。

手のひらで撫でているうちに、薔薇色の乳首が硬く立ちあがってくる。

「そうだ、アントニエッタ。指で乳首を摘んで好きなだけ弄《いじ》くればいいんだ。好きなように好きなだけ――俺がおまえに一から教えたように」

ふっと笑ったクリストファーロが再び脚の間に顔を埋めて、花芽をねぶり、蜜口に指を差し入れた。

「ん……ぁぁ……」

ざらついた舌で転がされる花芽はずきずきと疼き、中から捏《こ》ねられる蜜道はひくひくと蠢いた。

その焦れったい疼きに合わせるように、アントニエッタは薔薇色の乳首を摘んで爪を立てた。

「あ――ぁ――」

自分で操る刺激に促されて、迸るような悦楽が背中を駆け抜ける。

「クリストファーロ、もっともっと――して」

自分の乳房を自分で愛撫し、奥の花の快楽をいっそう高めようとする淫靡な行為はなんて自分に相応しいのだろう。

アントニエッタは何もかも振り切るように赤く充血する乳首を摘み、クリストファーロの舌を奥の花で味わった。

獣のように欲望に従う姿はアントニエッタ・ファルネーゼに一番似合っている。

失ったものを見せつけるように天を仰いだまま、アントニエッタは指だけの愛撫で、快楽を極めた。

クリストファーロの雄で絶頂を迎えたとき以上の随喜に震え、アントニエッタの花が淫楽の徴を蜜口から迸らせた。

アントニエッタは身体を激しく引きつらせ、粘つく蜜とは違う迸りを零した。

「あ……来たわ……あ……」

うねりに身を任せるアントニエッタの花に顔を埋めたクリストファーロが、彼女が滴らせた法悦の証を一滴残らず啜り取る。

「お兄さま、も、いいわ……」

激しすぎる快楽にもみくちゃにされたアントニエッタは、甘い休息を求めてクリストファーロの髪を引いた。

だが彼はアントニエッタの言葉など聞こえないように、再び花芽をねぶった。

「あ――」

一度絶頂に達した花芽は膨れ上がって敏感になり、蜜口の痙攣が治まらない。

「やめて、お兄さま……もう」

だがクリストファーロはひくひくと襞を蠢かす蜜口に、二本の指を含ませた。

「――やぁ……あ」

濡れそぼった蜜道の中でばらばらと指が動き、蜜襞を不規則に刺激する。

「あ……だから……もう、あ……また……」

一度は引いたはずの波が再び背中へと這い上がってきた。

「もう、いいの、お兄さま」

いつまでも引かない波が苦しくて、声を強めた。

「まだ蜜が溢れているぞ」

くぐもった声で言ったクリストファーロは、花芽から滴る蜜を執拗に啜り、濡れた指で腹の中まで抉る。

「ほんとに、いいの――」

身体の中からぐずぐずに崩れていく感覚に怯えて、アントニエッタは涙声になる。

だがクリストファーロは首を振って、いっそう舌の動きを速めたばかりか、指を動かして蜜壁を叩く。

「駄目――あ……」

腹の底から押し寄せる波に翻弄されて目の前が真っ白になった。

「もう――しては駄目――」

クリストファーロの頭を両手で抱えたアントニエッタは制御できない身体に混乱してすすり泣く。

「しては駄目なの――」

嘲《あざわら》う舌が花芽に絡みつき、蜜道を擦る指が蜜筒の凝りを強く弾いたとき、アントニエッタは脳髄まで焼き切れるほどの衝撃に打ち抜かれた。

「あ――また――」

細く叫び、アントニエッタはクリストファーロの頭の上に身体を崩した。

「アントニエッタ……」

伸びてきたクリストファーロの腕がその身体を起こして、視線を合わせる。

「中に入りたい」

濡れた唇で囁かれて、達した下腹が再びねっとりと疼く。

「……来て、お兄さま……」

「痛くしないから」

掠れた声を絞り出したクリストファーロがアントニエッタの身体を横たえた。

怪我をしてから、彼は彼女を今まで以上に優しく扱う。

「大丈夫よ、お兄さま。私は壊れたりしないわ」

素早く衣服を脱ぎ優しく覆い被さってきたクリストファーロの肩に手をかけて、アントニエッタは微笑んだ。

「……おまえはたぶん、俺が思っているよりずっと強いんだろう。それでも俺はおまえを大切にしたい。この先、おまえにかすり傷一つつけたくないんだ」

そう言った唇がアントニエッタの唇に重なる。

彼女の花の蜜を啜った唇は粘つくように濡れていた。

口中に入ってきた舌を絡めると、自ら愛撫した乳房の先にまた熱が溜まった。

尖った乳首を彼の唇が咥えて、舌の先で弾く。

「あ……ん……」

一度達した身体は敏感に刺激を受け止めて、頭の芯まで喜悦が伝わった。

硬い乳首を熱い舌が弾き転がすたびに、アントニエッタの背中はびくびくと撓った。

「辛くないか……?」

胸の辺りから聞こえてくるクリストファーロの濡れた声にアントニエッタは首を横に振った。

「気持ちがいい……もっとしても、平気」

自ら動いてこの刺激を受け止めることはできなくても、凝縮された快感がアントニエッタの心を満たす。

「ん——」

クリストファーロの指が、たっぷりと露を含んだアントニエッタの花をかき分ける。

ぷっくりと膨れた花芽を指の先で摘んで擦った。

「あ……ん……ぁ」

また身体の奥から蜜が溢れて、クリストファーロの指を濡らす。

くちゅくちゅと膨れた花芽を擦る水音と、アントニエッタの短い喘ぎだけが静かな部屋に響く。

「アントニエッタ、この世におまえだけがいてくれれば、それでいい」

クリストファーロが呻きながら彼女の脚の間に身体を割り入れた。

触れると火傷しそうに身体は熱いのに、クリストファーロの動きはあくまで静かで、壊れ物に触れるようだ。

内腿の柔らかい肌に彼の硬い雄が当たる。それだけでアントニエッタの背筋に甘美な震えが走った。

「あ……ぁ」

自分の零した、待ちかねているような声にさえ煽られて、アントニエッタはクリストファーロにしがみついた。

「早く……来て……お兄さま……」

逞しい肩を自分のほうに引き寄せて、熱い唇でねだる。

「私を全部お兄さまのものにして」

「アントニエッタ……初めて会ったときからおまえはずっと俺のものだった」

硬い熱の塊が身体の中に入ってきた。

柔らかく濡れた襞を高い嵩が息もできないほどみちみちと押し広げる。

腹の中までクリストファーロの熱が広がり、閉じた瞼の裏が真っ赤に染まった。

「あ……ふぁ……」

苦しいのが嬉しくてたまらない。

外側だけではなく、身体の中から彼と繋がるのは、痺れるくらいに心地よい。

「お兄さま……ぁ……」

熱の塊が身体を押し広げるたびに、アントニエッタの細胞が生まれ変わる気がする。

新しい自分の肉体の全てはクリストファーロが作ってくれたものに違いない。

「おまえは俺のものだ」

柔らかい身体を征服しながらクリストファーロが熱く呻いた。

繋がった場所から互いの熱が交じり合って、どちらの身体かわからなくなるほど一つになる。

身体の中をクリストファーロの雄が突き上げてくるたびに、頭の一番上で火花が散った。

「クリストファーロ……お兄さま……」

この人は兄であり、愛人であり、自分の唯一無二の人だ。

アントニエッタがクリストファーロのものであるように、彼もまた自分のものだ。

「奥まで……私の心臓まで来て……お兄さま……」

肩に爪をたてながらアントニエッタはねだった。

「……ああ……おまえの奥まで俺が味わってやる」

クリストファーロが腰をいっそう突き上げてきた。

「ん……ぁ……」

クリストファーロの激しい動きで生まれた波は、自分では動かすことのできないふくらはぎを伝わり足の先まで震わせた。

「お兄さま……もっと——あっ」

ぐいっと突き上げられた瞬間、足の親指がその反動で微かに動き、不思議な甘さに変わる。

「お兄さま——愛しているわ……」

自分に新しい命を吹き込んでくれるのは、クリストファーロだけだ。

アントニエッタは全身で身体の中にあるクリストファーロを締め付けた。

「く……っ——アントニエッタ……」

熱い呻きがアントニエッタの耳元で零れ、身体の奥に彼の熱が広がる。

「あ——ぁ……」

彼の全てを飲み干したいと願ってアントニエッタは自らの花をきつく閉じる。

「……愛している。言葉では伝えきれないくらい」

身体の上に崩れるように胸を合わせたクリストファーロが囁いた。

その囁きに応えるようにアントニエッタはクリストファーロの頭を両手で抱える。

この世にあり得ないくらいの法悦が得られるのは、彼と自分が一つに繋がっているからに違いない。

彼の細胞が、間違いなく自分の細胞だ。彼が息絶えたらきっと自分も命が消える。

「……」

クリストファーロの頭を抱きしめたまま息を整えるアントニエッタの上で、彼は身動きもしなかった。

何を思っているのだろう。

こうして二人だけの世界で堕ちていくことを甘受しているのだろうか。

彼は一生をこの偽りの中で生きていくつもりなのか。

「……いいのね……」

独り言のように呟いたが、クリストファーロは身動きもせず、息の音さえ聞こえない。

汗に濡れた彼の髪を指に搦めて、アントニエッタは外も見ずに呟いた。

「……いいのね、これで？」

もう一度呟くと、クリストファーロが顔を伏せたまま頷くのを感じた。

彼だけが自分の些細な言葉の意味を汲み取って、全てを受け止めてくれる。それがアントニエッタの肉体を限りない悦楽に導き、誰よりもこの男を愛しいと思わせる。

彼女は愛しい男の頭を抱きしめた。

「お兄さま、聞いてもいいかしら」

「何だ」

「お兄さまは悪い人なの？」

顔をあげたクリストファーロの目を見つめて、アントニエッタは尋ねた。

「悪い人とはどういう意味だ？」

微かに微笑む彼の顔を西日が照らす。

「……たとえば……お父さまやバルベリーニ家に罠を仕掛けるような人なの……？」

眩しい夕陽に染まる彼の顔から笑みは消えない。

「聞いてどうする？」

優しい笑顔のまま、クリストファーロは楽しそうに答える。

血の色をした夕陽を受けた黒い瞳にはアントニエッタしか映っていない。

チチェリナが暴きだす前からずっと心の中で抱いていた疑惑が真実だったことを、アントニエッタはその目で悟った。

父のカヴァリエーレも母のデーボラも彼の手で操られたのだろう。そしてバルベリーニ家の崩壊もクリストファーロが仕掛けたに違いない。

エミリアーノを使ってアントニエッタを脅したチチェリナがこの兄に葬られるのは、彼にとって必然だったのだ。

――俺に任せろ、アントニエッタ。

この世の掟を嘲ってアントニエッタを自分のものにするために、クリストファーロが仕組んだこと。

「お兄さま……」

言えない思いを全て込めてそう呼びかけたとき、眦から一筋の涙が頬に伝わった。

見ないようにしていた真実を受け入れたとき、自分の中に最後まで残っていた無垢な心が消えたのを感じる。

この涙はアントニエッタが最後までそっと残していた、人としての真心だった。

「何故泣く？」

アントニエッタの頬の涙を指先で拭いながらクリストファーロが囁いた。

「おまえは俺を求め、俺はそれに応えた。これ以上完璧な幸せはない」

クリストファーロがアントニエッタの両頬を手で包み込む。

「人の正しさなど愛の前には何の意味もない。俺は生まれたときからそれを知っている」

「……そうね」

頬を包む両手の高い熱を感じながら、アントニエッタは呟いた。

「……何を聞いても関係ないわ。だって私は愛がほしいのだもの」

クリストファーロはきっと自分を手に入れるためにたくさんの罪を犯した。自分も彼を守るために一つの命を奪った。

だがそれが何だというのだろうか。

それほど求めてくれる人がこの世にいるだろうか。そこまでして手に入れたいと思う相手がいるだろうか。

女としてこれほど幸せなことがあるだろうか。

罪など、極上の愛の前では、どれほどのこともない。

この男だけがアントニエッタに、身震いするほどの悦楽を与えられる。

自分の傷ついた心を慰撫《いぶ》できるのもこの男だけだ。

夕陽で血のように染まる互いの姿が二人の門出には相応しい。

アントニエッタはクリストファーロの首に腕を回し、その頬に自分の頬を重ねる。

「いいわ、お兄さまは一生私のものよ。どんなことをしても私が許してあげるから、私に愛をちょうだい」

その言葉にクリストファーロは、罪の欠片もない笑みを浮かべた。

そしてアントニエッタもまた持ちきれないほどの愛を手に入れた女だけが見せる、艶やかな笑みを返した。

あとがき

こんにちは。鳴海澪《なるみみお》と申します。

ソーニャ文庫さまで刊行していただくのは、今回で三冊目になります。自分の書いたものを形にしていただくのは大変に嬉しいことですが、慣れることはなく毎回とても緊張します。

今回のお話は、大小様々な国が割拠《かっきょ》して覇権《はけん》争いをしていた頃のイタリアをイメージして考えました。

権力を奪い合って血なまぐさい陰謀が繰り広げられる中で、運命に翻弄《ほんろう》される若い男女はどんな恋をするのだろう。

どういう形で愛をまっとうしようと考えるだろうか。

たとえ世界中から後ろ指をさされても、互いの思いが真実であればいい——そういう愛に挑戦しようと書き始めました。

意気込んだものの、実際に動かしてみると、キャラクターの性格に大きなぶれが生じて、上手く形になりません。何事も思ったようにいかないのは仕方のないことですが、思考の迷路から出られない自分の力不足を改めて認識しつつ、一時は諦《あきら》めかけたものです。

そんなキャラクターの手綱をひき、背骨を通して、一つの物語に仕上げることにご尽力くださった担当さま、どうもありがとうございます。

また、今回の刊行に携わってくださった全ての方々にも、この場を借りてお礼を申し上げます。

そしてお忙しい中、凄《すご》みのある美しいイラストを描いてくださったさんば先生、心から感謝いたします。

キャララフを拝見したときに、格好のいいヒーローと愛らしいヒロインにぐっと心を掴まれました。

また、カバーイラスト案の二種類のラフは、どちらとも決めかねるほど美しく、表表紙と裏表紙で両方使えないものかと無理難題を言いながら、担当さまと一緒に相当悩んで選んだものです。

完成したカラーイラストの油彩画を思わせるような美麗さに圧倒されました。本当にありがとうございます。

そして末筆にはなりましたが、この本を手にしてくださった皆様には、何を置きましても深い感謝を捧げます。

善意だけの人もいず、悪意だけの人もいません。人は誰でも大切な『もの』が違います。その大切な何かを守ろうとして善悪が入り交じる、それぞれの登場人物たちの生き方に、興味を抱いていただければ幸いです。

少しでも楽しんでいただけることを願いつつ、ご挨拶《あいさつ》とさせていただきます。

なお作中、液体の毒薬として登場するカンタレラは、実際は粉末だそうです。ご理解の上、ご了承くださいますよう、お願いいたします。

長々とお付き合いくださり、どうもありがとうございました。

鳴海澪　拝

ソーニャ文庫

この本を読んでのご意見・ご感想をお待ちしております。

◆ あて先 ◆

〒101-0051
東京都千代田区神田神保町2-4-7 久月神田ビル
㈱イースト・プレス　ソーニャ文庫編集部
鳴海澪先生／さんば先生

永遠《えいえん》の蜜夜《みつや》

2016年11月7日　第1刷発行

著　　者　鳴海澪《なるみみお》
イラスト　さんば
装　　丁　imagejack.inc
D T P　松井和彌
編集・発行人　安本千恵子
発 行 所　株式会社イースト・プレス
〒101-0051
東京都千代田区神田神保町2-4-7 久月神田ビル
TEL 03-5213-4700　FAX 03-5213-4701
印 刷 所　中央精版印刷株式会社

ISBN 978-4-7816-9589-1
定価はカバーに表示してあります。

Sonya ソーニャ文庫の本

『新月の契《ちぎ》り』　鳴海澪

イラスト shimura